Het Sleutelkruid

銅山國王

Paul Biegel

保羅・比格爾 著

賴雅靜 譯

目次

導讀

大創意的想像世界

張子樟（台東大學兒童文學研究所兼任教授）

互文現象是當代文學作品無法避免的。有了互文，作品更具閱讀趣味，內容更為豐富。作者如何在行文中適當的引用或插入閱讀經驗，是種閱讀回饋，而且必須恰到好處，不讓讀者感覺用得勉強或和前後段落無關。適當的互文還可以使文字更具魅力。但互文不只是添加部分文字而已，還得仰賴優美的文字敘述。

細讀《銅山國王》，不妨從此角度切入。

輕量級的互文模仿

《銅山國王》原文是荷蘭語（書名 *Het sleutelkruid*，意思是鑰匙草），這說明了每則動物故事中人物的不尋常名稱、短語的非典型轉折，以及安徒生童話的熟悉回聲之由來。本書是在擬人化動物風靡一時的年代寫就的。書中的兔子，使讀者想到了哈里斯（Joel Chandler Harris）的布雷爾兔（*Br'er Rabbit*）；田鼠和城市鼠讓我們想起了 *Hannibal the Hamster* 系列故事的倉鼠漢尼拔，又像《老鼠與摩托車》（*The Mouse and the Motorcycle*）的拉爾夫一樣大膽勇敢。

毫無疑問，作者可能是「無意識的」在其他名著或名家的影響下寫了這本書，例如《一千零一夜》、《坎特伯雷故事》、托爾金的《哈比人》或C.S.路易斯的《納尼亞傳奇》；然後是寓言傳統，可以往上一直追溯到《伊索寓言》，稍晚的還有格林兄弟的童話以及諸如梅林和亞瑟王等冒險經歷。

嚴厲的批評者可能會認為，作者是否有意識的以與早期作家相似的方式撰寫了他的書。但細讀之下，《銅山國王》還只是一個輕量級的互文模仿。

馬拉松接力故事

構成本書人物基礎的動物是最吸引人的。書中出現不同的動物（包括狼、松鼠、家兔、鴨子、大黃蜂、綿羊、甲蟲、獅子、噴火龍、田鼠和城市鼠、燕子、驢子）以及矮人各自述說一段不平凡的故事，而最後由神醫收尾，這種馬拉松接力的目的在於讓國王的心臟繼續跳動，拯救的對象恰與《一千零一夜》的情節形成對比。後者主角莎赫爾德為拯救無辜姊妹，毅然前往王宮，每夜講故事吸引國王，前後講了一千零一夜，終於使國王感悟。她藉由自己的勇氣和口才，救了自己和無數少女的性命。

這本書除了是由不同動物輪流敘述牠們生命中不尋常的一段遭遇之

外，最有趣的是，許多故事內容彼此相互聯繫，或者故事主角是國王的舊識，因此可以進一步了解神祕的千歲國王和他的銅堡。全書使用令人著迷的、看似簡單的散文，但寫得相當精美雋永，讓人深深的感受到這的確是經典之作。

也許書中有關田鼠的敘述，是這本書最能強調作者寫作既簡單又有意義的價值所在。在短短的幾個段落中（如「蒲公英」和「雨滴」），他為讀者提供了關於生死的有意義觀察結果，比起最詳盡、最哲學化的論文產生更大的影響。簡單的散文和淺顯的敘述支撐著大創意和高度想像的世界。

悲歡離合的情感投射

這本書本身包含三個要素：關於曼索林國王是否能夠存活下來的情感牽繫；神醫試圖尋找鑰匙草的冒險經過，為主線故事提供了額外的緊張感；來到銅堡的動物向國王述說了療癒性故事，以使他的心臟保持跳動。作者將這三個元素緊密連結，成就情節迷人的篇章。

作者在書中透過不同動物的生命歷程，細述傳達了友誼、親情、損失、疾病、死亡、希望等不同主題，呈現人們悲歡離合的情感投射。作者將所有元素交織融合，展示了他身為名家的精湛寫作技巧。

這個美麗而動人的故事，以其引人入勝的敘事與微微的淒美感而深深打動讀者的心靈。作者出色的筆調充滿了驚悚的冒險故事、激動人心的曲折劇情和令人難忘的角色，其中的俠義和高貴人物的形塑既富於想像力，文字又樸實無華，立即將讀者拉進故事中直到結局才能掩卷。

寫奇幻若烹小鮮

這是一個奇幻故事的黃金時代，每個生物——有時甚至是無生命的物體——都有聲音和故事可以講述，而這些精采故事都可以歷久長存。然而，人與書互動以及與電子遊戲或電影互動的心理過程是有差異的。文字要求更高，文字是作者在頁面上投射含義的影子，我們都可以從頁面上構築自己的故事及人物形象。在這個電子時代，如果我們停下來讓雙眼和雙耳離開電子設備一分鐘，我們也許會聽到他們的聲音，見到他們的身影。

作者宛如文學聖殿中的大廚，以他豐富的閱讀經驗，擷取各家精華，並且在書寫時懂得如何選擇適宜的材料。因此，即使文字深具互文意味，筆下展現的卻是經由截取、收錄、篩選後，再交融傳送出的高人一等作品。

導讀

我們因「好故事」而感動

葉惠貞（國立清華大學附設實驗小學教師）

孩子們都愛聽故事，故事帶有神奇的魔力，其中的想像性和趣味性帶領我們進入夢幻世界。故事情節中的一連串事件可能相似真實生活世界，甚或可能不符合，但故事滋養心靈、豐富生命，甚至是「一切的可能」。因此，「好故事」格外重要，好故事能幫助孩子成為「好讀者」。本書就是好故事！

動物的故事，串聯起千年歷史

「唯有動物輪流到國王身邊說故事，才能維持國王的心跳。」垂垂老矣的曼索林國王在神醫為他找來鑰匙草醫治之前，能讓他支撐的解方就是故事，而故事就從這裡開始了。

本書同時發展兩條軸線，讀者可以齊頭並進的投入關注。其一是盡忠職守的神醫不畏艱辛去摘取鑰匙草的旅程，其二就是會有哪些動物來說故事？在這些動物的家族、朋友及自身的經歷，或是聽聞來的故事中，他們說些什麼？

紳士般的狼，說著祖父帶領狼群勇闖冷杉林的冒險經歷。

松鼠分享了父親的機智，找回走失的兒子。

家兔伊可的哥哥弗里茨尋找洶湧澎湃，讓人好愛他的好奇心和勇氣。

綿羊說起牧羊人與牧羊犬和羊群的相處，格外溫馨。

甲蟲在盛開的美麗花朵中，找到幸福的落腳。
獅子為女巫以唧筒汲取時光，要與心魔鬥爭，發人深省。
大黃蜂們輪唱出金蹄馬兒的遭遇，噴火龍自述被女巫以銀環控制，都讓人重新省思正義與邪惡的觀念。
兩隻老鼠吱吱說著、唱著幾則溫馨小品。
燕子帶來魔法師女兒不斷許願的故事，就像透亮的鏡子，照出貪心的醜陋樣貌。
壓軸的矮人讀的四本古書內容是彩蛋，架構起曼索林王國的千年歷史，讓彼此看似獨立的故事像珠線串聯起來，成就了磅礡與最終的美好。

勇氣與愛的出處，便是真實的存在

讀者閱讀的同時要能想想，這些故事流瀉文字的優美力量，以及故事本身傳達的情節表面意義之外，故事背後隱藏的涵義是什麼？從故事中照進現實，對比人性的認知帶來什麼體會？再建議你邀請夥伴一起來閱讀，或你可將閱讀的故事講給他人聽，分享彼此對故事的所感所思，於是，透過故事便搭起與人溝通的橋梁。

書中還有許多經典語句意蘊深長，例如「在銅堡中沒有人會傷害他人」。你發掘的金句又是什麼呢？

一個好的故事，能讓正確的信念在內心萌芽。我們毋需辯論故事情節真假，勇氣與愛來自之處便是真實的存在。我們只需讓栩栩如生的角色抓住我們的注意力，在情緒上和角色產生共鳴，從動物的形象中萌發我們對人性的理解。再讓故事中的訊息與意義超越有限心智，追隨文字進入冒險國度，覺察自己若面臨相似的艱難考驗時，該如何發展自我的內心解答。

閱讀好故事太重要了！我們若孤立自己在自我的人生泡泡中，便無法想像他人的人生。因此我們要閱讀故事來想像他人的人生，故事讀得越多越有同理心，也更能理解他人。

作者保羅·比格爾把奇幻的想像包裝在生動的故事裡，傳達了善良、勇敢、夢想、互助、真誠等美德。每幅畫面都呈現深刻美感，每個角色都富有同情心，每則述說都蘊含智慧、溫暖人心。動物們、矮人們和國王互相傳遞的愛、勇氣和希望，是令人難忘的神奇旅程。我們因故事而感動，千金難換。

第一章

只要一直向南方走，最後就會走到藍海。從前，藍海並不是現在的模樣，當年那裡屹立著一座座的銅山，白天，銅山在陽光下發出耀眼的光芒，令人無法逼視。銅山中有一道門，走進門內，就會來到一座滿是銅廊與大廳的城堡，老國王曼索林就住在這裡。

曼索林國王蓄著很長很長的鬍鬚，長得就像大外套般環繞在他的腳邊，鬍鬚上面還睡著一隻兔子。現在，國王幾乎已經遭大家遺忘，只剩小兔子依然服侍著國王。曼索林國王統治所有的動物已經超過一千年了，從前世上還存在的龍、矮人等，都屬於他的子民。然而，曼索林國王從未離開過城堡一步，所以幾乎再也沒有人見過他。他的僕人相繼過世，最後只剩下兔子。就這樣，主僕在銅堡中過著寧靜的歲月，直到有一天，國王開始劇烈咳嗽，咳得鬍子都抖動了起來，這令兔子非常擔心。

兔子請來一名神醫為國王診察，診察過後，神醫將兔子拉到另一個房間說：「我把耳朵貼在國王的胸口上，隔著他的鬍鬚，我聽到一種哨音。他年紀太大了，心臟跳得就像一只歪斜的時鐘。」

兔子非常擔心。

「國王可能活不過一個星期了。」神醫接著說。

兔子開始啜泣。

「必須像幫時鐘上發條一樣，擰緊他的心臟，這樣就能改善他的病情。」

兔子抬起頭來問：「他的病有藥可醫嗎？」

「有，」神醫答：「鑰匙草！可是我必須趕好幾天的路程，才能找到這種草。等到我取得鑰匙草回來，恐怕為時已晚。」

兔子垂下耳朵，接著又問：「有沒有什麼辦法可以撐過這段時間？」

「別的藥物倒是沒有，」神醫答：「不過，有一種辦法可能有效。」他摘下金邊圓框眼鏡說：「每天，國王的心臟都必須快速跳動一陣子，這樣他或許就撐得過去。每天在他上床前，為他講個精采的故事吧。」

兔子的耳朵先是高高豎起，隨即又耷拉下來：「七年前我就說完了所有的故事，現在我已經沒有故事可說；而這裡的書，國王也都倒背如流了。」

神醫沉思了好一會兒，最後他又戴上眼鏡，拎起小藥箱說：「我現在就去找鑰匙草。這一路上，我會告訴每個我遇到的人，凡是知道任何故事的人，請務必趕往銅山下的城堡，把故事說給國王聽。這樣，當我不在的時候，也許會有夠多的人來。結果如何，等我把藥草帶回來時再說吧。再見！」說完，他就出門去了。門轟然關上，震得城堡的銅拱頂都發出回音。

兔子站在原地一動也不動。他想了又想，接著才走進廚房生火，準備做國王愛吃的烤肉和布丁。

夜深時，國王咳得更加厲害。當他準備上床時，突然傳來有人用力拍打大門的砰砰聲。兔子取下掛在鉤子上的提燈，點燃蠟燭走出去。

「誰？」他高聲詢問。

「我是來說故事的。」一個粗啞的聲音回答。

兔子急忙打開大門，把燈高舉過頭，想把來人看個仔細。閃爍跳動的燭光映照著一隻令人害怕的狼，狼立刻舉起一隻腳掌遮住碧綠的雙眼：「拜託，燈光不要這麼亮！」他以低沉的嗓音說：「還有，快點讓我進去吧！」說著，他一把推開兔子，逕自把門帶上，並且催促兔子：「先生，快帶我去見國王，我知道一則故事，保證他聽了以後身體會好得多。」

「是神醫請你來的嗎？」兔子問。

「那當然。」狼回答。

他們穿過長長的廊道，兔子心想，貿然讓陌生人進入城堡，其實非常危險，天曉得，這隻狼到底幹過哪些壞事。

見到狼來了，國王問：「這是怎麼回事？」

「陛下，有客人來訪。」兔子鄭重的回答。

「好好，」國王調整坐姿，讓自己舒服些，同時用鬍子把眼鏡擦乾淨。「上次有客人來，已經是好久以前的事了。我記得，是六十年前吧。」

兔子沒想到，凶惡的狼居然朝國王深深一鞠躬說：「偉大的千歲國王，我們大家的君主，除了您，我是不向任何人鞠躬的。聽說您病了，我特地前來講述一則從未有人聽過、最棒的冒險故事。」

「好好，」國王又說了一遍，同時用他那雙視力不佳的眼睛打量著狼。「我想，我認識你祖父，他叫作艾斯馬禮——或者達苟？」

「我的祖父是一邊側腹光禿無毛、令人生畏的嗚沃夫。」狼回答：「我要說的就是他的故事。」

狼的故事

在極北的地方有一片陰暗的冷杉林，那裡曾經沒人敢進去。林中樹木環繞著一堆岩石，岩石歷經風化，變得就像老巫婆的牙齒般參差不齊。

狼群相信，那裡真的住著一名女巫，可是嗚沃夫不信，他說：「世界上根本沒有女巫。哪天有時間，我一定會去對著那些岩石狠狠嗥叫一番，看女巫會不會現身。」

這時，他周圍的狼同伴都覺得自己聽見了遠處傳來的笑聲，不過，那應該只是幻覺罷了。嗚沃夫晶亮的眼睛望著他們，說：「與其站在這裡發抖，我們不如去獵捕些食物。」

大夥兒於是一起出發，兩兩排成一隊跟隨嗚沃夫前進，直到抵達一處大平原，才改為十隻並排奔跑。

太陽很快就下山了，天色才剛變暗，他們便遇到了一頭落單的大水牛。這頭水牛體型是嗚沃夫的三倍，但嗚沃夫毫不猶豫，他彷彿腳底裝了彈簧般，立刻彈跳到水牛的脖子上。

雙方展開一場激鬥，嗚沃夫被水牛甩來甩去，甩得他天旋地轉，但他堅持不肯鬆開嘴，最後水牛倒地而死。這是一場大勝仗，要不是緊接著發生了一樁怪事，大夥兒肯定會大肆慶祝一番：從他們背後傳來憤怒的鼻息聲，嗚沃夫回頭一看，發現一頭更大的水牛站在那裡，但水牛突然轉身往樹林的方向奔跑。

「嗚，嗚，各位狼夥伴，」嗚沃夫吶喊：「追過去！我們一定要逮到他！」

嗚沃夫沒有等候其他同伴，率先朝水牛的白色身影追去，奔入逐漸降臨的暮色中，很快便追進了樹叢裡。儘管荊棘鉤破了他的皮毛，樹枝刺得他頭破血流，他依然緊盯著獵物不放。「嗚嗚！」他再次發出嗥叫聲，水牛的白色身影卻逐漸隱沒，最終完全失去蹤影。

嗚沃夫停下腳步，豎起耳朵。沒有牛蹄踩踏聲，沒有牛鼻噴氣聲，沒有樹枝的喀嚓斷裂聲。水牛藏匿起來了嗎？嗚沃夫把鼻子湊近地面，小心翼翼的悄然前進，一路來到森林中的一處空地。那裡，眾多的冷杉將一疊奇特的石堆團團圍住。

嗚沃夫心想：「水牛一定在那裡！」他往上一跳，岩石卻閃避開來——至少他感覺上是這樣——水牛依然不見蹤影。

「嗚！」嗚沃夫嗥叫一聲。

從七個不同的方向傳來了：「嗚—嗚—嗚—嗚！」彷彿有七隻

野狼在回應他的呼喚。

「過來這裡！」嗚沃夫高喊，他認為那是七隻追隨他的狼同伴。

從七個方向卻傳來：「來這裡─裡─裡！」

嗚沃夫東張西望，除了岩石，除了這些殺氣騰騰的石堆，他什麼都看不到，既看不到白水牛，也見不到夥伴的身影。

正當他想繼續追趕時，卻聽見背後傳來了噴氣聲。他倏的轉身跳上一塊岩石，但岩石後頭依然是岩石。下一秒鐘，突然傳來一聲輕笑。

「誰在那裡？」嗚沃夫發出咆哮聲，回答他的卻是七遍的：「那裡─裡─裡？」嗚沃夫豎起頸毛。

他大聲問：「你躲在哪裡？」同時發出威脅的低吼。

答案又是：「哪裡─裡─裡─裡！」但與此同時，他也清楚聽見：「這裡！」於是，嗚沃夫在呼喚的岩石之間展開追逐隱形獵物的瘋狂行動。他在岩石間拚命奔跑，用爪子刨抓岩石，用尾巴擊打銳利的岩石邊緣，耳朵也被岩石粗糙的凸出部分擦破，因為每一次「我在這裡！」的回答都來自不同位置；而每一次，他的怒吼也會迴響七遍，最後他不得不用兩隻前掌掩住耳朵，氣喘吁吁的躺著不動，並且因為不斷繞圈奔跑而頭暈目眩。

就在這個時候，「我在這裡」終於現身，但不是白水牛，是個女巫。「怎麼樣呀，小狼，」女巫咯咯笑著說：「現在你該知道，這個世界上真有我的存在了吧。」她放聲狂笑，笑得岩石都轟隆轟隆響。

嗚沃夫半瞇著眼，把眼睛瞇成了兩條碧綠細縫。他凝視著女巫問：「妳到底是誰？」

她答說：「我是回音女巫，我要把你變成石頭，因為石化的狼回聲最是悅耳了。」

嗚沃夫聽了哈哈大笑，他不屑的說：「妳辦不到。妳要是膽敢碰我，我就咬死妳。」

回音女巫搖搖頭，兩頰的肉也隨著抖動。她高聲回嗆：「我根本不必碰你，我只消對你念上一句咒語，你就會變成石頭。你給我乖乖坐下吧。」

嗚沃夫慢慢的站起身來。他魁梧又健壯，但就算他從女巫頭頂上一躍而過也毫無用處，女巫只消往旁邊一閃，同時念出咒語，他就會變成石頭栽倒，他得想個更好的計策才行。

「不，」嗚沃夫說：「我不會坐下，我要站著，擺出準備躍起的模樣，這樣我變成的石像才會帥氣得多。不過妳得數到三再念出咒語。」

「好。」回音女巫答。

嗚沃夫尋覓了好久才找到適當的位置，他站在一塊岩石正前方，繃緊肌肉，然後朝女巫點頭靜待著。

「一，二，三！」女巫喊到三，隨即念出咒語。只是咒語還沒念完，嗚沃夫就一躍跳出他這輩子最遠的距離，消失在岩石後方。女巫朝他念出的咒語來得太遲，咒語撞擊岩石後又彈回女巫身上，女巫發出淒厲的吶喊，瞬間化為岩石。

嗚沃夫跑開時經過女巫近處，女巫石化的指甲還從他身上扯下一塊皮毛，從此以後，那裡再也沒有長出新的皮毛，而一邊側腹光禿無毛的嗚沃夫再也不曾重返當地。

有些人說，直到今日，女巫最後的吶喊依然在岩石之間淒厲迴盪；也有人認為，那不過是風聲罷了……

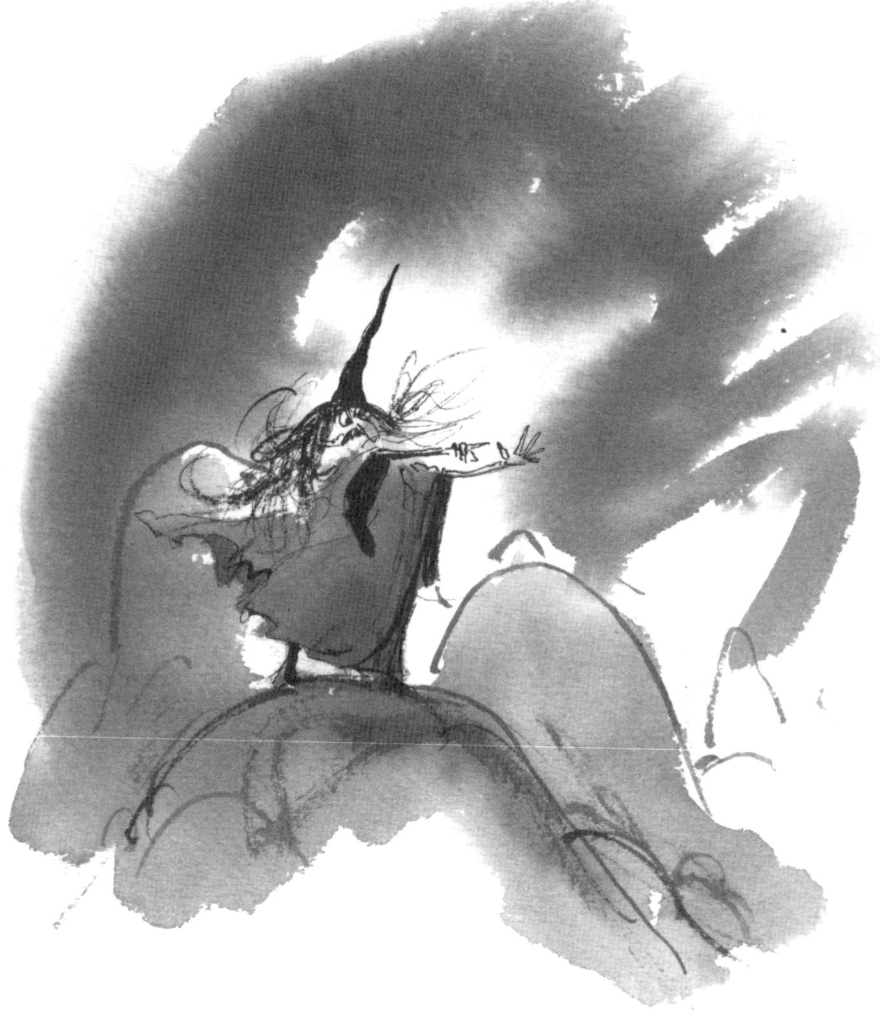

說完故事，狼再次朝曼索林國王深深一鞠躬，兔子也立刻跳上前，一只耳朵貼在國王的鬍鬚裡，想聽聽國王的心臟是否跳得較穩定。曼索林卻將他推開說：「馬上把大客房收拾妥當給狼休息，他說得精采極了；現在我想上床了。」國王滿意的打了個呵欠，這令兔子稍微放心了些。

第一天過去，這時啟程尋找鑰匙草生長地點的神醫已經走了二十哩路，抵達荒原了。

第二章

第二天，曼索林國王感覺舒服多了，他甚至和狼在玻璃廳內散步。陽光照射進來，照得紅色天竺葵花閃閃發亮，國王卻打起噴嚏，並且因為太過疲憊立刻躺回床上。中午，國王小憩片刻，這令兔子又相當擔心，他甚至把耳朵伸到國王的鬍鬚裡，聆聽他的心跳。

「還在跳嗎？」狼問。

兔子點點頭喃喃自語的說：「一點點。」接著邊搖頭邊走進廚房。

過了一會兒，正當兔子攪拌著鍋中熱騰騰的酸菜時，有人輕輕拍著他的肩膀，原來是狼來了。狼說：「大門口那裡有人，他的敲門聲輕微得幾

乎聽不見。」

兔子蹦跳著穿過廊道，打開大門。門外蹲著一隻體型嬌小、背後超大的扇形尾巴高高豎起的松鼠。松鼠用細微的聲音問：「曼索林國王住在這裡嗎？」

「是的。」兔子回答。

「哦，我有一則很有趣的故事要說，」松鼠說：「是神醫要我這麼做的，至少他說……」

「很好，很好，」兔子咕噥著說：「進來吧。你愛吃酸菜嗎？」

「我比較愛吃榛果。」松鼠用尖細的聲音回答。他踩著小碎步進來，還用觸鬚拂過這裡的銅壁，想體驗銅壁的觸感。「不過嘗嘗酸菜的味道也不錯。」

兔子正在服侍國王用餐，松鼠必須和狼一起在廚房裡吃。

吃過了飯，松鼠終於可以進去說故事了。松鼠的聲音很小，因此他必須坐得離國王很近，最好坐在他的鬍鬚上。兔子和狼爬上火爐旁邊的長凳，松鼠也開始講起他的故事。

松鼠的故事

有一天，松鼠雷斯柏把妻子和孩子都叫過來說：「我們要搬家了。」

他們問：「爸爸，要搬去哪裡？」

「搬到對面的平原，那裡的樹木比這裡的好。」

松鼠太太和孩子們答應了，他們向鄰居和朋友揮手道別，便跟著松鼠爸爸一起離去。

他們從上午走到中午，好不容易走到對面的平原，卻發現年紀最小的松鼠不見了。

「哦，他沒跟上，他一定迷路了，」松鼠太太驚呼：「老天，快點去找他！」

松鼠爸爸雷斯柏沿路往回走，一邊不停的呼喊：「小彼得，小彼得！」卻得不到任何回應。不知何時，前方突然出現一隻長頸鹿。長頸鹿躺在陽光下睡了一覺，現在正伸了伸懶腰，慢慢的站起身來。

「啊，長頸鹿先生，」松鼠爸爸說：「我的小兒子不見了，我可以爬到你的脖子上，瞧瞧他在哪裡嗎？」

「這要兩個荷蘭盾。」長頸鹿答。

「如果我不爬到你身上，而是請你幫我看，這樣要多少錢？」

「一個荷蘭盾。」

「可是我只有七十五分錢。」

「那麼我可以幫你查看三個方向。」長頸鹿答。

「好吧，」雷斯柏說：「這是二十五分錢，請你查看南方。」

長頸鹿把錢收下，接著雙腳移動，身體旋轉一百八十度瞧了瞧。

「什麼都沒看見。」他說。

「再給你二十五分錢，」松鼠爸爸說：「現在請你查看西方。」

長頸鹿把錢收下，脖子向西方扭轉。

「這樣不公平，」松鼠爸爸抗議：「扭脖子會讓你的脖子變短。」

長頸鹿說：「就算這樣，也還是看不到你兒子。」

雷斯柏抱怨：「你騙了我的錢，工作卻只做半套。」

長頸鹿問：「還要我繼續幫你看嗎？」

「要，可是你得連身體都轉過去，我還剩下二十五分錢。」

長頸鹿說：「再多給我五分錢，我就把脖子完全伸長。」

「我沒有那麼多錢，」松鼠爸爸垂下眼簾說：「請你幫我這個忙，看……」

「哪裡？」

「看北方，」松鼠爸爸下定決心，接著他說：「等等！我會去向倉鼠借五分錢，請你務必伸長脖子。」

長頸鹿轉過身去，脖子用力伸長再伸長，仔細查看。

「我再追加五分錢，請你稍微往東方挪一下。」

「什麼都沒看見。」長頸鹿回報。

現在，雷斯柏不但用光了錢，還欠了倉鼠十分錢。不過至少他現在知道，要往東方找兒子了。

他蹦蹦跳跳的前往倉鼠家，倉鼠不但有十分錢，還附帶提供雷斯柏一個妙計。

雷斯柏又回到長頸鹿那裡，說：「長頸鹿先生，這些是倉鼠的十分錢，另外，他還要我告訴你一個祕密，就是……」

長頸鹿垂下頭去，卻離雷斯柏還有一段距離。「等一下！」雷斯柏說。

他縱身一跳，接著一路爬到長頸鹿的脖子上，湊近長頸鹿暖呼呼的耳朵低聲說：「這樣這樣那樣那樣。」並且趁機迅速往東邊張望。

「啊？」長頸鹿問。

「我看到他了！」雷斯柏叫得好大聲，聲音震得長頸鹿的耳膜轟隆響。雷斯柏滑到地面，接連跳了十四下找到兒子，趁著長頸鹿嚇得還沒回過神，就帶著兒子跑掉了。

松鼠才說完故事，曼索林國王便哈哈大笑，笑得頭往後仰，松鼠屁股底下的鬍鬚被這麼一抽，摔了個四腳朝天。

「哈，哈，哈，」國王大笑著說：「這個雷斯柏，他一定是你父親，而你就是那個小兒子吧？」

松鼠羞怯的點點頭。

「你也讓我瞧瞧你的本事吧，」曼索林國王說：「爬到我的鬍鬚上，給我一個晚安吻吧。」

兔子和狼搖搖頭瞧著松鼠沿著國王的白鬍鬚往上爬，接著用觸鬚碰觸國王布滿皺紋的蒼老臉頰，用微細的聲音說：「陛下，祝您好眠。」說完，又爬了下去。

松鼠腳才剛落地，兔子便問他：「你聽見了他的心跳聲嗎？」

「我，我不知道，」松鼠囁嚅的回答，但國王已經起身說：「很好，我現在要去睡了。狼留在客房，松鼠可以睡在玻璃廳的天竺葵叢間。再見了，明天見。」

第二天就這麼結束了。當兔子目送國王拄著拐杖，步履蹣跚的走進臥房時，神醫正站在五十哩外一棵枝葉參天的橡樹底下。這是荒原上唯一的一棵樹，至於生長鑰匙草的地方，還遠在千里之外呢。

第三章

隔天清晨松鼠第一個醒來，他聽到狼在客房裡的鼾聲，決定要逛逛銅堡的各個大廳，但他很快就發現，這裡的門全都上鎖了。這一點雖然令他感到相當神祕，但不久之後兔子走進廚房時，松鼠卻不敢詢問原因，只是幫兔子把白土司放在火上烘烤，因為兔子說這是國王愛吃的。「他的心臟必須用鑰匙草擰緊，在那之前，我們只能湊合著用烤麵包幫他。」

這時，狼也大聲打著呵欠走進廚房，他用粗啞的嗓音說：「我現在好想吃雞。」兔子則迅速為他繫上圍裙，要他把昨晚的餐具洗乾淨。

早餐過後，曼索林國王和狼、松鼠在銅堡的廊道上散步，兔子用一把大鑰匙開啟其中一座大廳的門。大廳內點著數不清的蠟燭，閃閃爍爍的黃色燭焰映射在銅壁上，亮得動物們不得不瞇起眼睛才能適應這裡的光線。大廳中央豎立著一座國王的石雕立像，當時他還年輕，鬍鬚還短。立像腳畔擺放著幾冊厚厚的書籍，書中有著銅版畫和呈現千

年前世界樣貌的地圖，其中一幅銅版畫以紅色顏料刻畫一名凶惡女巫的形象，旁邊還畫出她的惡行。

松鼠一點也不想看這幅圖，狼卻目光灼灼的一一細看。

曼索林國王感傷的望著自己的立像一會兒，便步履蹣跚的步出大廳。

「我的死期近了，」他喃喃自語：「我希望將這一切重新看過一遍，這樣我死也瞑目。」

聽到這番話，兔子心想：「哦，老天，但願另一個說故事的人很快就到來，否則……」

就在這一刻，他聽見一個細微的聲音呼喊著：「開門，請開門啊！」

兔子蹦蹦跳跳的衝到大門，高聲詢問：「哪一位？」

「伊可。」細微的聲音答。

「伊可是誰？」

「伊可？就是我呀！快開門哪，我已經在這裡站了整整一個小時了。」

來人是一隻家兔，這隻家兔又重複說了一遍，他叫伊可，他已經在銅門上敲了一百遍，卻沒有人聽見。

兔子將他帶進廚房，請他和狼與松鼠一起喝茶，自己則在國王的鬍鬚上睡午覺。

晚餐吃的是胡蘿蔔和李子蛋糕，之後伊可就被帶到國王面前為國王說故事。

狼嘀咕著說：「希望會是個精采的故事，否則我們都會睡著。」接著，他便和松鼠、兔子爬上火爐邊的長凳。

家兔朝曼索林國王優雅的一鞠躬，耳朵都碰到地板了。然後他挺直了腰桿坐下，深吸一口氣，開始講起他的故事。

家兔的故事

沙丘好美，尤其秋天的時候，野薔薇結出黃、紅色莓果，沙丘更是美

麗無比。我哥哥名叫弗里茨，他可以跳得比我遠，但每當我們走好遠的路散步時，他從來不曾丟下我不管。

陽光照耀時，沙丘的氣味更是芬芳迷人，有的植物葉片散發著彷如香膏、百里香或野三色堇的甜香，哥哥有時會用兩隻腳掌將那種葉子揉碎了給我聞。

一天清晨，天色還很早，太陽才剛剛攀升到沙丘的最高點，哥哥弗里茨就把我搖醒說：「走，今天我們去找洶湧澎湃。」

我們不可以去那裡的，爸媽說過，那裡太遙遠，而且不是家兔該去的地方；可是看到哥哥那麼勇敢，最後連我都壯起膽來跟著他走。我們溜出我們家的洞穴，小心翼翼的在低矮的灌木叢底下蹦跳著登上沙丘，在最高處坐下來休息。暖洋洋的陽光照在我們的背上，好舒服；我們也聽得見，從前方非常遙遠的地方傳來了洶湧澎湃的聲響。

「伊可，我們還有很長的路要走，」弗里茨告訴我：「今晚我們說不定還回不了家，不過我們可以睡在戶外。」

我心想：「好刺激的冒險！」

「你瞧，」弗里茨指給我看：「我們必須穿越這片平原，經過矮樹林，再翻越那座高高的沙丘。」

我們又開始上路，爬下沙丘進入平原。我還記得，當時有一群海鷗在離我們一段距離的地方，「歐咕，歐咕，歐咕！」尖叫著飛上天空，其中一隻笑聲響亮，聽來非常刺耳。

一直走到午後相當晚時，我們才抵達那座高高的沙丘，這時，洶湧澎湃聲更是清晰許多。但是在我們前方還阻隔著好幾座沙丘，而且沙丘上的草長得極高，使我們看不到其他的特別景象。

「我不敢再往下走了，」我告訴哥哥：「洶湧澎湃說不定非常危險，會吃掉我們。走，我們回頭吧。」

我兩只耳朵往後方貼垂，哥哥卻將它們拉直，鼓勵我說：「別怕，我不是就在你身邊嗎？我好想知道，洶湧澎湃究竟是什麼。我們從早到晚都聽得到那聲音，要是不知道它的模樣，我就活不下去，將來也沒辦法結婚的。」

「哦，你想結婚嗎？」我問哥哥，心中非常悲傷，因為這麼一來，他就不會再陪我玩了。

「才不想呢！」說完，他便蹦蹦跳跳的沿著一條小沙徑往下跑，我也蹦跳的跟著他。就這樣，我們又走了好長一段時間，來到一處和我們的洞穴截然不同的地點。那裡長著多刺植物和討厭的鞭子草；有時候，我們腹部以下都陷進了沙堆中。

我們還得再攀爬一小段路，可是我好累，而且太陽也已經下山了。弗里茨在我背後推著我，我聽得見他的喘息聲和他腳底下沙子塌滑的聲音。我們爬得愈高，風便吹得益發強勁，野草鞭打著我的鼻子，我的眼睛裡也吹進了令人刺痛的沙粒，痛得我都哭出來了。可是弗

里茨對我又是
推又是拉的，
最後我們終於
走到了沙丘
上。在那裡，
洶湧澎湃的聲
音大得就像轟
隆隆的雷鳴，
我連看都不敢
看，可是弗里
茨敢。我聽到
他說：「伊可

弟弟，伊可弟弟，我看到世界的盡頭，看到那個晃動的遼闊平面，那個和天空相接，太陽爬進去失去蹤影的地方了。你看看呀！」

哥哥用一隻腳掌摟住我的脖子，另一隻腳掌托起我的頭：「你看！」我才終於敢正視。

我見到大海和鑲嵌在海面的紅太陽。我開始顫抖，我想回家，回到我們溫暖的洞穴，因為這片永無止盡的汪洋和轟隆作響的波濤不是我們家兔該去的。

可是弗里茨哥哥開始手舞足蹈，高聲吶喊。「我要去那裡！」他大聲叫喊：「那裡是又大又白、人們稱為『貝殼』的世界之鱗的所在。」

「別去，別去，」我大聲呼喊：「弗里茨，留在我身邊，別去洶湧澎湃那裡！」但他依然向前奔跑，還把耳朵從沙丘邊緣探出去，咕噥著說：「一個又大又白、一個又大又白又漂亮的貝殼，我要帶回來送給我的新娘。」

「你不是不結婚的嗎？」我大聲呼喊：「別丟下我一人！」

我哥哥再次環顧四周說：「你在這裡等我。」接著，他大步一跳，就消失在沙丘斜坡後方了。

我怯怯的爬到沙丘邊緣，透過鞭子草的縫隙向外張望。在下方深處昏暗的沙灘上，我似乎見到了哥哥的身影。然而，就在這一刻，從四面八方都有海鷗成群飛來，發出淒厲的叫聲，在我見到弗里茨的地點上方盤旋。

「你在這裡幹麼！」我聽到他們這麼叫罵。

「滾開，這座沙灘是我們的！」海鷗的尖叫聲愈來愈響亮，接著逐漸移向海邊。

「弗里茨，弗里茨！」我大聲喊叫：「弗里茨，回來！」卻沒有人聽得到我的呼喚。我很想跟著他跳下去，又沒那個膽量，只是呆呆的坐在原地注視，注視著不斷狂亂飛舞的白色海鷗。在海鷗下方離他們很近的地方，我見到耳朵長長的哥哥跳來跳去，接著從我眼中湧出的淚水便模糊了眼前的一切。我似乎見到了弗里茨，見到他在波濤間掙扎，於是我趕緊用腳掌抹去淚水，當我又能看得清楚時，已經見不到他的蹤影了。海鷗依然淒厲啼叫，聲音卻不再那麼響亮，最後更是紛紛朝四面八方飛走了。

我靜靜等候，專注的聽著，聽到的卻只是大浪拍擊沙灘的聲音。天色漸漸暗下來，我眼前又是一片模糊，因為淚水再度湧出，這一次我並沒有抹去淚水，因為哥哥再也不會回來了。

我心想，哥哥從來不曾丟下我不管，於是我就在那裡等候了一整晚。可是，一直等到太陽從另一頭升起，我依然見不到弗里茨的蹤影，他恐怕已經被浪濤捲走了，於是我便一路跑回家去。

大廳裡靜默了半晌，接著伊可說：「自從回家以後，我再也不想跟任何人玩耍。經過一段時間，我心想，浪濤也許會在哪個地方將弗里茨沖上岸，於是我便離家去找他。我愈走愈遠，愈走愈遠，最後在離這裡不遠的地方遇到了神醫。這是我唯一知道的故事，而且是真人真事——不過，有一天說不定我可以找到弗里茨。」

曼索林國王抬起目光，他眼裡閃爍著淚光。「誰知道呢，」他輕聲說道：「現在先去睡吧，兔子會帶你前往一座大廳，那裡擺放著一尊立像和一些厚厚的書冊，還有一顆枕頭。」

家兔伊可鞠了個躬，便隨著兔子離開。狼用低沉的嗓音說：「晚安。」

松鼠也用尖細的聲音說：「一夜好眠。」

兔子與伊可進入大廳時，兔子說：「如果你哥哥弗里茨還活著，他一定也會來這裡，因為他也會有故事可說。」當天夜裡，大家都帶著這個滿懷希望的想法入眠，很快的，銅堡中就迴盪著各種鼾聲。

在很遠很遠的地方，神醫正氣喘吁吁的越過荒原。荒原的盡頭浮現出第一群高山……

第四章

隔天，曼索林國王將兔子、狼、松鼠和家兔傳喚到御座前。國王將自己的鬍鬚鋪展在地板上，命令他們坐在鬍鬚上，接著他說：「感謝各位來我這裡，但現在你們該離開這座陰鬱的城堡，前往世界其他地方，各自繼續你們的人生。我老了，不久人世了，再會！」

但兔子馬上向其他動物眨眼示意，於是大家異口同聲表示：「不，陛下，我們要留在您身邊。也許會有更多的人來，那麼這裡就會愈來愈溫馨。」

國王站了起來，動物們只好迅速的跳下他的鬍鬚。國王說：「很好。

那麼，今晚我要和各位一起在玻璃廳用餐。兔子，桌上要插上蠟燭；不過你先去取鳶尾花廳的鑰匙，我很久沒去那裡了。」

動物們跟隨國王走進一間大廳，那裡的地板是將泥土夯實而成的，廳中長著許多黃花鳶尾，散發出綠薄荷的香氣。大廳中央有座噴泉，噴泉的水流入一座水池中。水池裡住著一條胖金魚，每當有人對著水池說：「吹！吹！」金魚便會吐氣泡；曼索林國王餵牠吃的是跳蚤乾。

傍晚時分，兔子忙著布置長餐桌，狼在廚房裡搧火，松鼠擀麵團，家兔伊可負責咬開堅果殼，將堅果在蛋糕上排成圓圈裝飾。

燭光搖曳，美食當前，用餐氣氛愉快又溫馨，但兔子不時豎起耳朵，傾聽是否有人敲門。

一陣哐哐噹噹的玻璃碎裂聲突然響起，不知什麼東西「砰」的摔到了桌上的蛋糕旁，酒瓶傾倒，咕嘟咕嘟的在白色桌布上滲染出一片殷紅。

「呱，呱？」有人驚叫。動物們睜大眼睛，見到一隻肥鴨坐在大家面前。鴨子氣喘吁吁的抱怨：「我到處都找不到門，後來我發現有光，以為窗戶是開著的，因為我沒注意到有玻璃。很抱歉，可是我一定得找到國王……哎，國王在哪裡？我從沒見過他。」

「我就坐在這裡！」曼索林國王說。鴨子摔到桌上時，尾巴正巧對著國王，她火速轉身，呱呱的說：「哦，就是您呀？真是優雅的老先生。我是說……您可別生我的氣……」接著她深深一鞠躬，一個不留神，嘴喙就戳進了醬汁碗裡。

「哦，呸，好噁心！」她一陣亂噴亂吐，把醬汁噴得到處都是，連狼都被濺到了。

「嗚！」狼氣沖沖的呼喊，同時張大了嘴，嚇得鴨子尖叫一聲，立刻逃竄到櫃子上。

「我們都起身吧，」國王說：「到隔壁吃蛋糕。」

不久，動物們都圍坐在老曼索林的寶座旁，津津有味的享用蛋糕。吃過了蛋糕，鴨子說：「好，現在我要說一則國王非聽不可的故事。」她抖了抖身上的羽毛，用嘴喙在地板上敲三下，開始說起她的故事。

鴨子的故事

我要說的故事發生在隱藏森林中的池塘。除了生活在那裡的鴨子，沒

有人知道這座池塘的存在，而住在那裡的白鴨與褐鴨總是爭鬧不休。

池塘中央是一座小島，島上長著些許青草和幾叢灌木，如果哪隻白鴨想到島上，就會被褐鴨趕走；而反過來，如果哪隻褐鴨想到島上，也立刻會有白鴨過來阻攔。因此，誰都無法在小島上散步，誰都不能踏上那裡的青草，也沒有哪隻鴨子能摘取灌木叢上的任何小片樹葉。

這些鴨子總是在池塘裡游來游去，不斷的追趕對方。白鴨總是呱呱大叫，宣稱要將褐鴨痛打一頓；褐鴨則嗆說白鴨是可憐的膽小鬼，聽到一聲「呱」，就會嚇得落荒而逃。

就這樣過了一年又一年，其間偶爾會有一隻鴨子飛走，在水面上方高處盤旋，最後越過森林，消失在其他鴨子的視線中。這些脫逃者從此音訊全無，到最後只剩三隻白鴨和兩隻褐鴨留在池塘裡。他們原本可以和睦相處，可是每當其中一隻張開嘴喙，想說：「現在我們好好相處吧？」另一方就以為他想啄他們。

要不是有一天池畔出現了一個矮人，他們就會在小島周圍持續聒

噪、爭吵和追趕。

「哈囉，」矮人呼喊：「各位，載我過去吧！」

這群鴨子立刻游過去，好奇的打量著這個小矮人。但他們和岸邊保持一段距離，因為他們從沒見過這樣的動物。

「別傻傻的坐在水上了，」矮人生氣的呼喊：「背我，我必須到小島上。」

三隻白鴨互相對看，兩隻褐鴨也一樣。

「這裡不是你該來的！」鴨子們呱呱叱罵。

「這裡是我們的！」白鴨大聲喊叫，但褐鴨叫得更大聲：「亂講，小島是我們的！」

矮人瞇起眼睛，他先看了看褐鴨，再看了看白鴨。「你們一味的爭吵，卻不知道自己在吵什麼。」他發出嘶啞的笑聲，朝池塘裡吐了吐口水說：「你們甚至不知道，小島上埋著黃金寶藏。」

「什麼？」鴨子全都尖叫起來，開始聒噪著將對方撞開。每隻鴨子都尖叫著：「我先！」矮人卻笑得更大聲，他高聲說：「你們又找不到寶藏，只有我知道寶藏的位置。」

褐鴨搶先游向矮人，壓低音量說：「告訴我們，我們就載你過去。」白鴨卻啄著他們的尾巴呱呱叫說：「矮人，你不必告訴我們，我們也會載你過去。上來吧！」白鴨之中體型最大的叫作斯尼，他游到岸上，想方便矮人坐上去，兩隻褐鴨卻怒氣沖沖的飛起來，將斯尼趕回水中。

矮人摘了一根草莖咀嚼，一邊打量著池塘周遭的樹木，最後他的目光落到一株花楸樹。這棵樹長得斜斜的，部分樹身橫跨過水面，一根結著紅色莓果的枝椏更是快伸到小島上了。

「妙呀，」矮人咕噥著：「你們這些吵鬧不休的傢伙，我根本不需要

你們。」但這群鴨子並沒有聽見他說的話，因為他們還在氣呼呼的相互叫罵。直到矮人已經順著花楸樹身在水面上爬行了一段距離，他們才察覺眼前的態勢。

「注意，矮人爬過去了！」白鴨大聲呼喊：「我們必須趕到島上。」

「哈哈哈，」褐鴨笑說：「他馬上就會落進水裡，誰要抓到他，他就是誰的。」矮人小心翼翼的沿著樹幹向前爬，鴨群也在矮人下方一路緊跟。

矮人朝鴨子們高喊。「你們要是以為我會掉下去，就大錯特錯了！」但他其實是在虛張聲勢，因為他前進得並不順利，尤其他的鬍子更是礙事，而鴨子的喧鬧聲也令他煩心。這時白鴨已經離開小島游回來，不停在褐鴨周圍游著打轉，不時往上方張望，想查看矮人是否落水了。

這些鴨子並未察覺，這裡只剩他們四隻，斯尼不在，他已經獨自登上小島了。

「隨他們為矮人的事爭吵，」斯尼心想：「這樣我就可以趁這個大好機會，在這裡仔細找一找了。」他不慌不忙的經過灌木叢之間的柔軟草地，思忖著：「說不定我可以靠自己找到黃金寶藏。」然而，無論他怎麼找都找不到任何挖掘過的痕跡、一顆引人注意的石塊，或是插入地面的木樁，可以顯示出該挖掘的地點。

不過，在位於三處高大灌木叢之間的隱蔽地點，斯尼倒是發現了一種奇異的植物：在這些植物多毛的綠莖上，結著他從未見過的碩大球狀物，它們或許別有含義吧？不過，斯尼決定先去瞧瞧矮人的情況。這時，矮人已經爬行一大段距離，離結著紅色莓果的枝椏不遠了，而其他鴨子依舊在他下方吵嚷得愈來愈激動：「他快到了！他快到了！」同時拚命想將對方的腦袋按進水裡。

森林裡開始暗下來，太陽已經下山，一輪滿月位置還太低，無法送出月光。矮人就快爬到懸在水面上的枝椏了，但他的力氣也快用完了。矮人咕噥的說著些聽不清楚的話，他攀爬的樹枝來到這裡已經變得很細，彎垂得極低。矮人非常謹慎的向前挪動，以免失去重心，接著他一把抓住最外側的樹枝，用力一盪，就快抵達小島岸邊。但就在他用力一蹬，雙腳離開枝幹的剎那，結著紅莓果的枝椏末端卻斷裂了。矮人發出尖叫，撲通一聲

落進了黑烏烏的水中。

鴨子們火速衝過去，用嘴喙在水中又啄又咬。白鴨咬到了某種物體，褐鴨也咬到了，雙方開始憤怒的往自己一方拉扯，展開一場激戰。

斯尼看得呆住了，天色昏暗，他隱約瞧見鴨子拉拉扯扯的，彷彿在對付一隻獵物。

他想：「矮人會溺死的，他們將他推得深入水中，他呼吸不到空氣。」斯尼開始呱呱呼籲：「住手，你們這些笨蛋。」就在他想跳進水中拯救矮人時，突然聽見喘息聲：在離他不遠的地方，有物體正爬上池塘斜坡。斯尼悄悄過去，躲在高高的草叢後方偷覷。原來是矮人，他正忙著擰乾溼漉漉的鬍鬚，抖抖溼答答的腦袋，鼻孔也用力噴氣。

「哈哈，」矮人嘟囔著：「他們最好繼續圍著那根樹枝爭吵，這些蠢蛋，這樣大爺就可以悠哉的幹我的事了。」他站起來，在灌木叢間失去蹤影。斯尼立刻搖搖晃晃的尾隨在後，因為斯尼認為矮人現在要去挖寶，他想過去瞧瞧。

就這樣，矮人和斯尼一前一後摸黑經過高高的草地，經過一處又一處的灌木叢，來到結著球狀果的奇特植物生長的地方。斯尼心想：「一定就在這裡。」但矮人並沒有動手挖掘，反而坐下來，似乎在等待著什麼。斯尼透過灌木叢的縫隙窺探，尾巴也激動得不停擺動。

月兒緩緩從樹叢背後露臉，將一片亮光投射在草地上，那片亮光逐漸擴大，同時緩緩移動，最後落在第一群結著球狀果的植物上。緊接著奇蹟出現：月光一照到球狀果上——剝！球狀果迸裂，一朵白花開始綻放，大小宛如一個拳頭。

「啊！」斯尼呱呱驚嘆：「好美呀！」

矮人猛然轉身衝向他，氣沖沖的揪住斯尼的脖子質問：「你來這裡幹麼？你這個愛打探祕密的傢伙！」

「放開我……放開我！」斯尼拚命喘氣說：「我又沒有對你怎樣！」

「你是個愛吵架的噁心傢伙。」矮人大罵。

「我才不是，」斯尼反駁：「我只是想載你，所以爬到小島上想要……想要……」

「想要尋找黃金寶藏！」矮人嘿嘿冷笑。

「好啦，你說的沒錯。」斯尼囁嚅的招認。

「這可有你找的，因為這裡根本沒有什麼黃金寶藏，那都是我編的。我是為了摘這些花，才到這裡來的。」

「這是什麼花？」斯尼問。

「白色許願花，」矮人說：「只要把鼻子伸進去狠狠吸嗅，你就會脫胎換骨。等你再抬起頭來，你就會見到，天上的星星是一座黃金城，可以

飛過去。」

「那麼，你現在準備那麼做嗎？」斯尼好奇詢問。

「呸，」矮人不屑的說：「我才不想上天，我只是要採下這些花，乾燥以後收集種子。我已經收集滿滿一個倉庫，以備不時之需。」

「我倒很想聞一聞。」斯尼說。

「這會用掉我整整一朵花，」矮人說：「因為這會使它們凋萎，而且這種花一年只開一次，只在月圓的時候。」

「如果你送我一朵，我就載你上岸。」斯尼問：「你不是得再回去嗎？」

「好吧，」矮人咕噥著：「游回去太冷了。」

矮人開始逐一摘取花朵，等到月光下最後一朵花也摘好時，他便用草莖將採得的九朵花綁在一起。

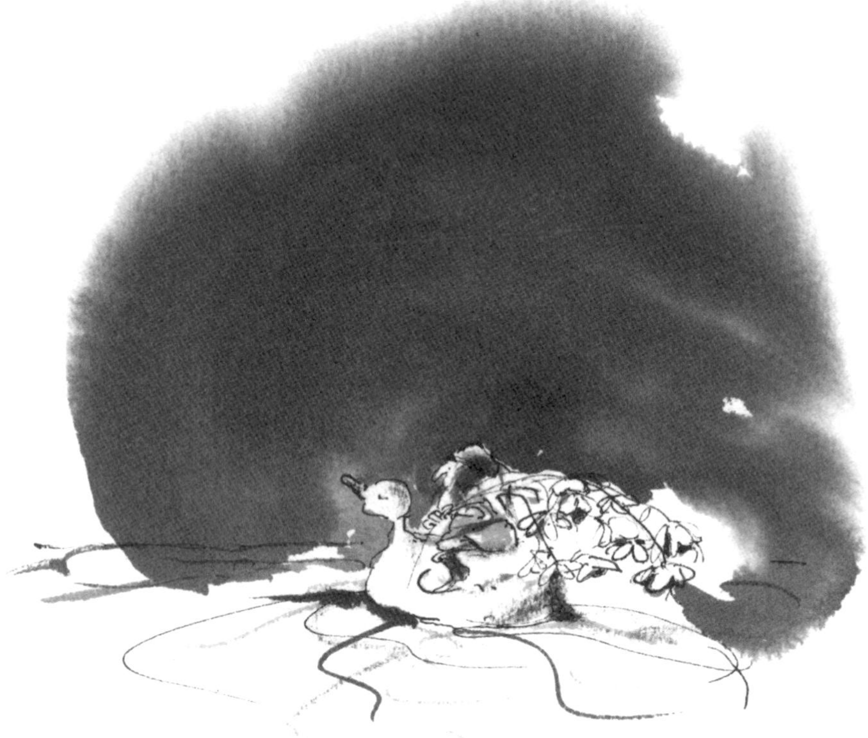

「我們走吧，」矮人說。片刻之後，這隻大白鴨背上便載著矮人和花游過黑烏烏的池塘。他們小心翼翼又安靜無聲的過去，沒有見到也沒有聽到褐鴨或其他白鴨的動靜，他們現在應該非常傷心的坐在花楸樹旁，生平第一次沒有互相爭吵。

斯尼將矮人平安送到對岸。

「這是給你的花。還有，請代我問候你那些同伴。」說完，矮人便消失在樹叢間。

斯尼猶豫了一會兒，接著他將嘴喙埋進花瓣中，深深吸進花香，直到他恍恍惚惚，並且不由自主的抬起頭來仰望著天空。「啊，好美呀！」他發出喟嘆，因為天上的星星不見了，出現的是一座黃金城，有著黃金草地和金光閃爍的池塘。

斯尼呱呱呼喊：「我來了，我來了。」他呱呱叫著張開翅膀，呱呱叫著升空，呱呱叫著繞池塘盤旋，愈飛愈高，最後越過樹梢，筆直的迎向黃金城。

「斯尼在天上飛，」黑色水面上，棲息在花楸樹下的兩隻白鴨與兩隻褐鴨齊聲呼喊：「他找到黃金寶藏了，現在我們不需要再吵了。」

雙方鳴金收兵，但偶爾他們還會將嘴喙伸進草叢裡，想查看是否還有寶藏留下。有時，他們也會把頭伸進水裡，因為他們實在搞不懂，矮人究竟跑到哪裡去了。

鴨子不再說話，只是靜靜鞠了個躬。曼索林國王認為這則故事也很棒，兔子則快速跳上前去，把耳朵貼在國王胸口，傾聽他的心跳聲。

「嗯，」兔子說：「陛下，您得快點上床睡覺，我會帶鴨子到她今晚休息的地方，就在鳶尾花廳的池塘裡，好嗎？」

「很好。」曼索林國王說。他摸摸鴨子的頭表示感謝她說的故事，接著便蹣跚的走進臥室。

鴨子單腳站在水池邊緣的鳶尾花叢間入眠，家兔依然睡在厚厚的書冊間，松鼠鑽進玻璃廳的天竺葵底下。而狼呢，他在客房裡鼾聲大作，震得床嘎吱嘎吱作響。

兔子遙想著神醫的狀況；而此刻，神醫正在山腳下準備爬上眼前的高山，前往生長著鑰匙草的地方。

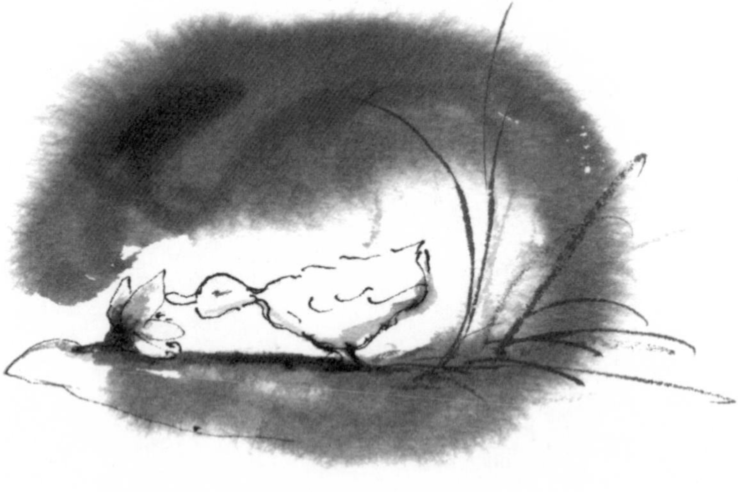

第五章

第二天清晨用過早餐後，兔子取來一串鑰匙，曼索林國王便領著這些動物來到銅廊上最大的一道門前。鑰匙叮噹聲在銅堡中迴盪，門打開後，動物們見到一處空蕩蕩的寬敞空間，地板上鋪了一層翠綠色地毯。

兔子縱身一躍跳了進去，在裡頭翻起筋斗。他已經有十年沒有進入這座大廳了，從前他便很喜歡這裡，因為大廳的地毯是由真正的四葉草組成的。隨後，其他動物也紛紛入內，大家又嗅又聞，在四葉草上翻滾，瞧得曼索林國王笑呵呵。中午時分，國王過於疲倦，又上床休息了。到了傍晚，他告訴兔子：「我這麼年老，再也起不來了；也不會有人來這裡了。」

就在這個時候，有人敲門。國王說：「把我的拖鞋給我吧。」曼索林拖著腳步慢慢走向寶座，兔子則趕去開門。

黑暗中有人「咩咩」叫說：「我聞到了狼的氣味。」兔子趕緊回答：「他不會對你怎樣。在銅堡中沒有人會傷害他人，這是這座宮殿的法則。快進來，國王已經在等候了。」

一隻綿羊才剛跨過門檻進來，就立刻索取一把梳子整理儀容。兔子說：「如果你的故事夠精采，毛髮不需梳得一絲不苟也沒關係。」他領著綿羊穿過廊道，將他帶到國王的寶座前。

「晚安，」狼友善的招呼，松鼠和家兔也點頭致意，鴨子則嘎嘎大叫，嚇得綿羊踩到國王的鬍鬚，身體一滑便跪倒在地。

「真是多禮呢！」曼索林國王說：「現在可以說故事了。」

綿羊偏斜著腦袋，過了好一會兒才停止發抖。接著他舔舔鼻子，說起他的故事。

綿羊的故事

一位牧羊人養的一隻老狗死了。舉行葬禮時，綿羊全都聚集在墳墓周圍反芻。

這時，牧羊人發表了一番談話，說：「從現在起，你們不許再跑開，因為我已經沒有狗兒將你們圍攏起來了。」

但其中一隻綿羊依然跑掉。牧羊人呼叫年紀最老的綿羊前來說：「給你。穿上我的外套，在我回來以前充當牧羊人，我現在就去尋

找走失的綿羊。」

老綿羊用兩條後腿站立，穿上牧羊人的外套，戴上帽子，用爪子握住手杖。

不久，王子偶然路過。他問：「你是牧羊人嗎？」

「不是。」老綿羊答。

「牧羊人死了嗎？」王子問。

「沒有，是狗兒死了。」老綿羊說。

「啊，」王子說：「牧羊人去尋找走失的羊嗎？」

「是。」老綿羊答。

「告訴他，要他來我的宮殿，我要送他

一隻狗。」王子說。

「那隻狗好嗎？」老綿羊不放心的問。

「當然，他是米斯欽迪爾。」王子說。

老綿羊用手杖在沙地上寫下這個名字，王子繼續前進，而在場的綿羊都深深一鞠躬。牧羊人將走失的綿羊扛在肩上帶回，並且逐一取回帽子、外套和手杖，這時年紀最老的綿羊便告訴他，

王子來過了。

牧羊人說：「哦。」

年紀最老的綿羊指著沙地上的名字說：「我們會有一隻狗兒。」

牧羊人看著名字念說：「米斯欽迪爾，他是世上最高大也最忠心的狗。」

「好耶！」羊群歡呼，並且盡可能快步奔向宮殿。

「喝喝！」牧羊人高聲吆喝。他因為年事已高，必須騎在一隻綿羊背上。

大家在宮殿前停下腳步，牧羊人取出一把大梳子，將每隻綿羊背上的毛中分梳理整齊，讓大家可以儀容端整的到王子寶座前。他們還輪流練習說「您好，殿下！」如何整齊下跪，這才進入宮殿。

王子坐在黃金寶座上說：「牧羊人上前來！」

牧羊人上前，深深一鞠躬。

「你的綿羊，毛都梳理得很漂亮，」王子說：「我要把米斯欽迪爾送給你。」

接著門開啟，米斯欽迪爾走了進來。他身材好魁梧，夜裡必須睡在長沙發上，當他搖動尾巴時，人們會以為颳起了強風。

王子宣告：「米斯欽迪爾，從現在起，這位牧羊人就是你的主人，這些綿羊就是你的綿羊了。」

米斯欽迪爾用口鼻部碰了碰牧

羊人的一條腿，接著從綿羊面前逐一經過。他朝每隻綿羊都伸出前掌致意，綿羊們都感到很害羞。之後，他便在牧羊人腳邊躺下，牧羊人撓了撓米斯欽迪爾的耳朵後面，說：「殿下，感謝您送我這隻可愛的狗。」米斯欽迪爾搖搖尾巴，搖得窗簾都往窗外飄了。

接著，他們便離開宮殿。

幾年後牧羊人年老過世，在葬禮上，所有綿羊都聚集在墳墓旁反芻。這時，米斯欽迪爾發表了一番談話：「從現在起，你們不許再跑開，因為再也沒有人會下令命我將你們聚攏在一起了。」

綿羊們都啜泣了起來，米斯欽迪爾最後一次將口鼻部伸到牧羊人的墓穴中，接著填平墓穴。

這時，年紀最大的綿羊便上前說：「米斯欽迪爾，這裡是牧羊人的外套、帽子和手杖。」米斯欽迪爾收下這三件物品。有一天，一隻綿羊還是

跑掉了，米斯欽迪爾穿上牧羊人的外套，戴上帽子，用爪子握住手杖，並且呼喊：「米斯欽迪爾，去把綿羊帶回來！」喊完，他又脫下外套和帽子，將手杖擺在衣帽上頭，接著跑開，準備將走失的綿羊帶回來。

這時王子恰巧又經過，他見到牧羊人的衣物扔在地上，便問：「是牧羊人去找走失的綿羊嗎？」

「不是，」年紀最大的綿羊答：「牧羊人死了。」

「是米斯欽迪爾去找走失的綿羊嗎？」

「是。」老綿羊說。

「告訴他，要他來我的宮殿，我要給他另一位牧羊人。」

「那個人和善嗎？」老綿羊問。

王子沒有回答便離開了。

米斯欽迪爾帶著走失的綿羊返回，他聽說王子來過，而且很快大家就會有新的牧羊人。於是他拿起外套、帽子和手杖說：「走！」

大家一起前往宮殿。

來到宮殿門口，米斯欽迪爾拿起一把大梳子，將每隻綿羊背上的毛中分梳理整齊，大家才進入宮殿。

王子坐在黃金寶座上，他命米斯欽迪爾再稍微近前。米斯欽迪爾上前

深深一鞠躬。

王子說：「這些綿羊毛都梳理得很漂亮，現在你們即將擁有一位新的牧羊人。」

大家都等待門會開啟，但王子說：「這個牧羊人就在你們面前。我將成為你們的牧羊人，將你們放牧在我的御花園裡。」

所有綿羊都聚攏在寶座周圍反芻著，米斯欽迪爾為王子披上牧羊人的外套，幫他戴上帽子，再把手杖交給他。年紀最大的綿羊說了一番話，最後說：「殿下，我們再也不會跑開了。」

從此以後，綿羊們便在御花園中吃草，而夜裡，米斯欽迪爾也再度睡在長沙發上。

綿羊抬起頭來仰望：「陛下，希望您喜歡這則故事。我口才拙劣，孤陋寡聞，外表又這麼邋遢，但我很想請問您，今晚我能不能留在這裡，否則我不知道在如此暗夜該何去何從……」

曼索林國王點頭，坐在火爐邊的動物們也用尾巴拍打地板，表示歡呼。

「兔子，」國王說：「帶綿羊到四葉草聽。」兔子還沒有機會仔細聆聽國王的心跳聲，國王已經走向臥榻了。

銅堡內，動物們在各自的位置上安眠，這時神醫正在滑不溜丟的岩壁上攀爬。此刻北方高緯度地區天氣開始轉冷，很快的，鑰匙草便會凍死。

第六章

隔天清晨，兔子將客房裡的狼、玻璃廳裡的松鼠、書冊間的家兔、鳶尾花廳的鴨子和四葉草廳的綿羊一一喚醒，說：「今天國王不想起床，他年紀老邁又病重，我擔心他等不到神醫回來。」

六隻動物都很悲傷，大家輕手輕腳的穿過廊道，以免發出聲響。兔子做了最美味的點心，但國王只吃上少許，便任由點心擺著。

夜裡，只有動物們坐在寶座廳中，期盼有人來敲門。或許國王為了聽新故事，會願意下床過來。但他們等了又等，等了又等，時間愈來愈晚，卻沒有任何客人前來。

兔子開始啜泣，狼想安慰他。就在這時，忽然傳來音頻極高的「唧唧，唧唧」。

此時，從綿羊又厚又密的蜷曲皮毛裡跳出了一隻甲蟲。「我是躲在皮毛裡來的，」甲蟲唧唧說：「我……我……我也有故事要說，可是我不敢；不過，現在我敢了。」

其他動物全都從座位上跳下來，這種事實在令人意想不到。兔子去向國王報告，而國王一定

也會很好奇，願意來到寶座廳的。

就這樣，今晚也有故事可聽了。由於甲蟲體型太小，他們便將他放到寶座的椅背上，離國王的鬍鬚極近的地方，而其他動物則躺在國王的鬍鬚上，好聽得更加清楚。甲蟲非常小聲的說起他的故事。

甲蟲的故事

有隻甲蟲住在一朵花裡，他老是炫耀，自己住的是珍珠母做成的美麗屋子。但隨著冬天到來，花朵謝落，甲蟲只好爬下樹，跟隨其他甲蟲住在草叢裡。

其他甲蟲都嘲笑他，甲蟲忍無可忍，便離開那裡四處流浪，最後來到一條河流附近。那裡有幾隻蜻蜓在飛舞，甲蟲高聲說：「哈囉，你們可以載我過河嗎？」

但蜻蜓沒有回答便逕自飛向對岸，他們斑斕的色彩在陽光下閃閃爍爍，激起甲蟲對彼岸莫大的嚮往。

他沿著河岸往下走，想找找看哪裡有橋，卻連一座都沒找到，倒是在一段距離以外，發現對岸有棵盛開著美麗花朵的樹木。和這棵樹相比，他自己的花樹遠遠比不上。甲蟲心想：「如果我能住在那裡該有多棒。可是，我該怎麼渡河呢？」

他找到一根枯枝，將枯枝拖進水中，接著用力一跳，跳到枯枝上，但一陣大浪將他打下枯枝，拋到一塊石頭上。甲蟲站在那裡，彷彿站在大海

中的一塊岩石上，束手無策。

這時蜻蜓又飛回來了，甲蟲呼喊：「喂，各位，幫幫我吧！」蜻蜓卻繼續向前飛，身軀在陽光下斑斕閃爍。

這時漂來一片橡樹葉，甲蟲趕緊跳到葉子上。但是他太重了，橡樹葉開始下沉，水都淹到他下巴了。幸好就在這一刻，他察覺腳底下是穩固的地面，才終於爬上岸來。忙了一陣子，依舊毫無進展。

「啊，」他喟嘆著說：「我該怎麼辦才能到對岸去呢？」他走著走著，中途遇到了一隻蜘蛛。

「你知道附近哪裡有橋嗎？」甲蟲問。

「現在還沒有。」蜘蛛答。

「什麼時候有？」

「秋天的時候，」蜘蛛說：「到時候我自己會造一座橋。」

「到時候我可以過去嗎？」甲蟲又問。

「我還不曉得。」

甲蟲心想：「沒有橋我就過不去，看來只好等到秋天，看看到時候能不能用蜘蛛的橋過河。」於是，甲蟲找了一個住所，在河岸待了整個夏天。甲蟲每天都搜尋蜻蜓的蹤跡，他們在水面上飛來飛去玩鬼抓人，卻連一句話都不說。

秋天到了，甲蟲再次去找蜘蛛。

「你現在要造橋了嗎？」

「還沒，我要先織網。」蜘蛛答。

「網子織好以後呢？」甲蟲問。

「可能吧。」

甲蟲等了五天，又問：「現在呢？」

這時蜘蛛正在編織一座大吊橋，吊橋有雙層的橋面和高高的塔架。吊橋一完工，甲蟲立刻跳上去，蜘蛛卻尖叫呼喊：

「喂喂！」

「我不許上去嗎？」甲蟲問。

「除非你給我一顆雪白的鵝卵石。」蜘蛛說。

甲蟲去尋找，他見到紅色、灰色和褐色鵝卵石，卻沒有找到白色的。

但就在這時，他發現了一顆珍珠，這顆從某個女孩項鍊上脫落的珍珠白得像雪，甲蟲便拿著珍珠去見蜘蛛。

「你看，」甲蟲說：「這裡還有穿洞，可以讓你綁在腿上。」

「滾開，」蜘蛛訓斥他：「我要的是鵝卵石。」

甲蟲只好繼續尋找，最後找到一顆上頭只有一個小小黑色斑點的鵝卵石，但蜘蛛還是不滿意，甲蟲只好繼續尋找。這時他發現對岸有顆雪白的鵝卵石，便跑去告訴蜘蛛：「河岸對面有一顆，我去拿給你好嗎？」

「呸，」蜘蛛說：「你自己想辦法，休想用我的橋過河！」

可憐的甲蟲萬分沮喪，他跳進河裡，想把自己溺死，卻跳到一根漂流的樹枝上。他還沒搞清楚狀況，就被漂送到對面，跳上岸去了。

這時他才意識到究竟發生了什麼事，於是他便跑向那棵開著美麗花朵的樹木，希望找到一個住處。

可惜秋天降臨，花朵都掉落了。

甲蟲這一生中第二次感到無比絕望，並且開始啜泣。現在連蜻蜓都失去了蹤影，連個可以看到他哭泣的人都沒有。

「現在我也不想待在這裡了，」他想：「我寧可和其他甲蟲一起住在草叢裡。」他找到那顆雪白的鵝卵石，帶著鵝卵石前往蜘蛛織成的橋。

「鵝卵石在這裡！」他高喊：「我想回去，我可以走你的橋嗎？」

蜘蛛從橋的另一頭走過來，說：「可以。」

甲蟲正想邁出第一步上橋，這時偏偏颳起了一陣強風，把吊橋連同蜘蛛都吹走了。

就這樣，甲蟲不得不孤單的在河流對岸度過整個

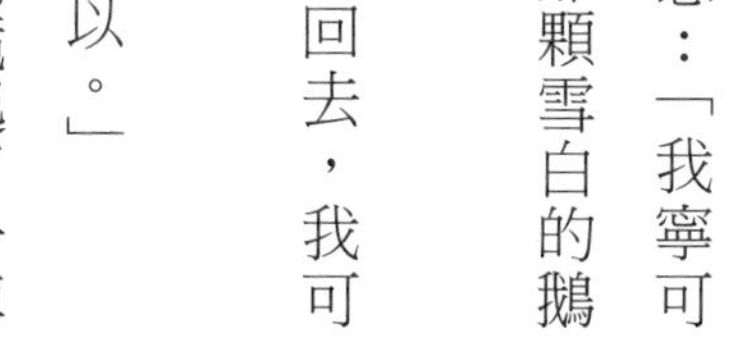

冬天，忍受寒冷。

當春天重回大地時，甲蟲發現自己原來的老樹盛開著花朵，這令他非常傷心，因為他沒辦法渡河過去。

這時蜻蜓又出現了，他們斑斕的色彩在陽光下閃閃爍爍。甲蟲高喊：

「哈囉，請幫幫我吧！」

但是蜻蜓依然沒有回答就飛走了，甲蟲眺望著他們的背影。

他見到他們的去向。蜻蜓正飛向那棵曾經開著美麗花朵的樹木，而這一次，他自己就能過去那裡，因為他早就在河流的這一岸！他找了一朵最美的花朵在裡面住下來，一整個夏天都過得幸福又開心。

甲蟲低聲說：「陛下，希望您喜歡這個故事。」故事一說完，他便從寶座椅背跳到地板上，火速爬進綿羊的皮毛裡，因為他覺得好害羞。他問綿羊：「我可以住在這裡嗎？我不會害你發癢的。」

綿羊只是扭過頭來，用低沉的聲音說：「可以，不過你可不許爬到我脖子以上的位置。」

甲蟲「唧唧，唧唧！」叫了幾聲，很快就睡著了，其他動物也各自返回他們的臥榻。只有兔子還繼續待在國王身邊片刻，小心翼翼的聽取他的心跳聲。國王的心跳聲聽起來極其不妙，就像一只更加歪斜的時鐘，發出的滴答聲非常不規律。兔子自言自語的說：「但願鑰匙草能及時送回來。」

然而，此刻神醫離銅堡非常遙遠。他想攀上山峰，卻再次從岩壁上失足滑落到深谷。

這時，山區開始下起雪來，岩壁變得更加滑不溜丟了。

神醫揉著受傷的膝蓋，心想：「萬一我不能快點離開這裡，就無法及時採到鑰匙草了。」

第七章

隔天清晨的早餐時間熱鬧極了！綿羊覺得自己新來乍到該幫點忙，於是將盛好燕麥粥的盤子一一遞給大家，卻在狼打噴嚏時，嚇得一個盤子哐啷落地。

曼索林國王進來廚房查看到底發生了什麼事。當他見到動物們都愜意的在桌畔圍坐時，臉上不禁露出微笑。

「兔子，」他說：「去把鑰匙串拿來，我想看看塔樓廳。」

兔子反對說：「陛下，可是您已經爬不了那麼高了。」

國王說：「綿羊可以背我上去。」說完，他便坐到綿羊的背上。國王的鬍鬚和綿羊的毛色相同，令人無法分辨，看來就像是從國王的下巴長出綿羊來。他們就這麼踩著步伐踏上九段階梯，來到銅堡的塔樓廳。

這裡不時有風吹來，偶爾還會出現閃電。從黑色斑漬可以看出，那裡曾經被閃電劈中。除此之外，塔樓廳中只有一幅掛在牆上的油畫，只是年代久遠，畫上畫的究竟是什麼，已經難以辨識了。動物們都不覺得塔樓廳是個舒適宜人的房間，因此聽到國王想下樓時，大家都開心極了。

這是個美好的一天，曼索林國王心情一直很好。晚上大夥兒一起坐在寶座廳用餐，兔子為大家準備了羽衣甘藍佐奶油醬和綠薄荷。

晚餐過後，動物們紛紛爬到火爐旁邊的長凳上，綿羊則窩在國王的鬍鬚裡，只露出腦袋來。這時曼索林國王表示：「真希望又能聽到一樁奇聞軼事。」

就在這時，有人大聲敲門，綿羊甚至覺得自己還聽到了吼聲，不過，他本來就是個膽小鬼。兔子匆匆穿過銅廊道，他連「是誰？」都沒問，就一把將門打開。

門外站著一頭獅子，獅子頭上頂著一圈鬃毛。他不耐煩的怒吼：「你就不能早點開門嗎？我不習慣等待。」

兔子嚇得發抖，手上的提燈也掉到地上，周圍瞬間一片漆黑，只看得到獅子兩顆閃爍的眼睛。

「別怕，別怕，」獅子低吼：「我不會傷害你的。雖然這麼黑暗，你還是可以帶我去見國王的，快點好嗎？」

兩人跌跌撞撞的穿過黑暗的廊道進入寶座廳，曼索林國王說：「歡迎，獅子！大家坐著別動，在我的城堡裡，誰都不會傷害他人。」

動物們不再懼怕，綿羊也是，他還從國王的鬍鬚裡露出大眼睛，打量著獅子把頭垂到地上鞠躬的模樣。

「獅子，請坐，」國王說：「說說你的故事吧。」

獅子的故事

女巫家的後花園裡有一具唧筒，不過，唧筒汲取的不是水，而是時光。每當汲滿一桶時光時，女巫就會將桶子提進屋內，將時光片段逐一掛在一條長長的繩子上，再將繩子固定在牆上，這樣，她就可以看到所有發生過的事件了。

女巫年紀老邁又患有氣喘，因此她僱了一頭獅子，讓獅子為自己汲取時光。不過，她之所以讓獅子代勞，不只因為汲取時光令她疲倦，也因為她想要一個能夠用力汲取時光、汲出未來事件的助手。

獅子年輕力壯，付他十二個荷蘭盾，他就汲滿三個桶子。但是在他想裝滿第四桶時，唧筒卻故障了。

「你留在這裡守著，」女巫叮囑：「我去找我母親來修理。」

獅子在唧筒一旁躺下，環繞他頭部的鬃毛彷彿是條羊毛圍巾。

一個小時過後，女巫帶著母親回來。女巫的母親一把推開獅子，用自己的指甲當作螺絲起子，立刻動手拆解唧筒。

「完全沒問題。」女巫母親用嘶啞的嗓音說，並且再把唧筒變回原狀，接著按壓唧筒，又開始流出時光來。

「不錯，」女巫吆喝：「快點，快點！獅子，快點！」

女巫母親卻說：「讓獅子到我們家坐一坐，休息一會兒吧。」

不久，獅子便溫馴的坐在一把椅子上，津津有味的吃著一塊魔法蛋糕，兩名女巫則坐在他前方。她們問他，他媽媽叫什麼名字，他有沒有兄弟姊妹等等問題。獅子的尾巴緊緊盤繞在四條椅腳上，他必須先吞下嘴裡一塊太大的蛋糕，才能回答她們的問題。

兩名女巫邊聽邊說：「哦，哦！」之後她們便聊起其他事情。

這一天獅子都毋需再工作，不過第二天他又得再繼續。這一天他汲滿了四桶，到了第五桶時，唧筒又故障了。

「我要自己檢查，看問題出在哪裡。」女巫說：「你去屋裡坐著，等我修好。」女巫這麼說，是因為她不想讓獅子見到，她不像母親那麼熟悉唧筒。

這一次獅子獨自待在房間裡，他壯起膽來稍微打量環境。懸吊在繩子上的事件有如牆上的相片，而在女巫昨天懸吊起來的繩子上，獅子見到自己站在唧筒旁邊，接著則是他躺在一旁看守的情景。在下一張圖片上，女巫的母親正用長長的指甲在唧筒上轉來轉去，最後則是唧筒又正常運作的景象。

獅子心想：真是詭異的活動！他終於按捺不住，於是站起來到處打開抽屜，窺探裡頭放著什麼，但不敢過度明目張膽。也幸虧這樣，因為就在這一刻，女巫正好走了進來。

「獅子，」她說：「這一次我們一起按壓唧筒，最好是你站在搖臂那一端，我在桶子這一端，然後你得用力按壓，我們的速度才能比時間快，才能獲得未來的事件。」

「沒問題。」獅子答應。

女巫身體靠著獅子的肩膀，兩人一起走向花園裡的唧筒。

來到唧筒那裡時，女巫說：「好，我數到三，你就開始全力按壓。」

接著她走到桶子那一端，大聲呼喊：「一、二、三，開始！」

獅子便開始汲取時光，而時光也源源不絕的流進了桶子。女巫趕緊將這些時光片段捕捉起來，掛在繩子上，一邊呼喊：「再用力，再用力！我看到你的動作依然沒變！」

「氣—嗶，氣—嗶，氣！」唧筒發出尖銳的聲響，女巫把繩子湊近出口，避免時光流失。

「對了，」她高呼：「你就快辦到了！用力！用力！」

獅子把全身的重量都壓在唧筒搖臂上，這時女巫也發出一聲尖叫，她呼喊著：「我看到你這一生了！這一生！這一生！」

獅子卻倒臥在唧筒旁邊死去了。

女巫站在原地，她拿起最後從唧筒出口流出的時光片刻，將它掛在繩子上，接著用腳踢了獅子一下說：「現在你不存在了。」

這時，上帝派遣一位天使過來，天使抱起死去的獅子，獅子的尾巴呈弧形下垂，腦袋貼靠在天使的肩膀上。天使告訴女巫：「妳看，這是上帝最美的一件創造物，他本來能動能做事，現在卻不行，因為妳破壞了他的時間。妳到底插手干預了什麼？別再干預那些妳毫不理解的事物了。」

天使緊抱著獅子飛走，留下女巫，以及適合她施展的魔法。

獅子靜默下來，這時曼索林國王喟嘆一聲說：「這個故事真怪，我覺得我似乎聽過。」他從寶座上起身，告訴兔子，獅子應該在塔樓廳過夜。國王對所有的動物說：「親愛的動物們，祝你們一夜好眠！」這才離開大廳。

就這樣又過了一夜。狼躺在客房，松鼠在玻璃廳的天竺葵叢中，家兔伊可睡在厚厚的書冊旁，鴨子在鳶尾花廳，綿羊在四葉草廳，甲蟲在綿羊的皮毛裡，獅子則睡在高高的塔樓房間中。

今晚有兩隻動物沒睡：家兔就著燭光翻閱書籍，想看看書中是否會談到哥哥弗里茨。獅子手持一支焰火跳動的火把，他站在油畫前仔細望著那些依稀可辨的微弱線條，覺得自己似乎看到了一名女巫和一具唧筒……難道，這幅畫是自己故事中的一瞬間嗎？可是，它為何會來到曼索林國王的城堡呢？

兔子睡得很安詳，因為國王的病情又好些了。不過，遠行尋找鑰匙草的神醫此刻正站在一面難以通行的岩壁前。山谷在這一頭沒有出口，他只好掉轉回頭，回到最初的地點；從另一邊或許出得去……

第八章

第二天清晨，兔子早早便起床到廚房生火，現在多了獅子，他得多煮一鍋燕麥粥。美麗的陽光照進銅牆銅壁的廚房，到處璀璨閃爍，氣氛愉悅，兔子忍不住哼起歌來。不久之後獅子進來，也用他低沉的嗓音跟著哼唱。接著狼進來，也同樣加入，最後響起所有動物齊聲歡唱的歌聲，連曼索林國王都下床到廚房瞧一眼，忍不住笑了，並且數百年來首次跟著大家唱和：

蹦啊，蹦啊，蹦啊跳，

誰跟著咆哮，誰跟著吱吱，誰跟著呱呱叫？

早餐過後，國王認為今天正適合開啟花園廳，大夥兒便列隊前往。鑰匙在鎖孔中發出刺耳的聲音，在門開啟的那一瞬間，大家都高呼：

「哦！」

花園廳覆蓋著玻璃頂，廳內盛開著萬紫千紅的花朵，繽紛的色彩幾乎快閃疼大家的眼睛。

「而且芳香宜人。」說著，家兔便想跳進去嗅嗅聞聞，卻遭國王制止。

國王說：「誰都不許在裡頭任意奔跑，那裡沒有路徑，會把花踩壞。」

動物們於是都站在原地，以讚嘆的眼神觀賞，之後大夥兒便在廊道中穿梭散步，整天都在銅堡裡逛逛瞧瞧，直到晚餐上桌。菜色有：三葉草沙拉、茴香牛奶，飯後點心則是烤榛子。

獅子舔著自己的手掌，松鼠也變得大膽，沿著獅子的尾巴爬到他背上，再到他頭頂上，坐在那裡剝著一顆榛子殼。

夜深了，動物們圍坐在國王的寶座四周，有那麼片刻大家都安靜無聲。這時，伊可忽然說：「我聽到外頭傳來歌聲！」

大家都豎起耳朵，果然聽到非常低沉的嗡嗡聲，彷彿門外有個男聲合唱團。

國王說：「兔子，去瞧瞧是怎麼回事。」兔子前往大門，現在，歌聲更加清晰可聞：

開開門，開開門，
我們已在門前久久候等。
開開門，開開門，
我們已在門前久久歌唱。

兔子心想：一定是陌生的訪客，才會唱得那麼好聽。他將提燈高舉過頭，拉開門閂打開大門，而歌聲也轉成低沉的說話聲。兔子就著提燈的光線，見到空中停著十隻大黃蜂。

「晚安，晚安，晚安，」大黃蜂嗡嗡嗡的說：「我們要見國王。」

「十位？」兔子問：「這樣不會太多嗎？」

「嗚嗚嗚，」大黃蜂說：「我們要說一則故事，一則我們合在一起才知道的故事，一人一段。」

兔子說：「哦，請進。」大黃蜂團聚成一朵蜂雲，跟著兔子來到曼索林國王的寶座前，他們圍繞著國王頭部，並且恭敬的保持一段距離，接著一一報上自己的名字：「我叫奇瑟爾，我叫馬寇，我叫布伍姆，我叫葛諾克曇，我叫福伍姆，我叫克里納密，我叫胡伊，我叫桑思特，我叫畢立冰，我叫皮利士拉。」

國王聽得頭都暈了，兔子和其他動物不禁懷疑，這樣對國王的心臟好嗎。不過，這時大黃蜂已經在桌上降落，離寶座前方很近。他們不斷搧動著翅膀，發出彷彿擊鼓般的轟隆聲。接著他們齊聲呼喊：「請聽我們要講的故事。國王，統治我們大家的千歲國王，請聽；各位聚集在這裡的動物，請聽，請聽我們的故事。」

關於一匹馬的敍事詩

由親見親聞的十隻大黃蜂講述、吟唱，每隻一段。

以下是第一隻大黃蜂奇瑟爾講述的見聞：

在人類國王的領土上，一道極為茂密的山楂樹籬後方隱藏著一片草地，草地上的草高如麥株，雛菊大如矢車菊。

一匹馬在這片草地上吃著草，他鼻頭柔軟如絲絨，腳下有著黃金馬蹄，他卻憂傷異常，因為他總是孤單沒有同伴。「在草這麼高的草地上，我空有黃金馬蹄有什麼用？」他心想：「沒有人看得到我的黃金馬蹄，甚至連看的人都沒有。」

有一天，這匹馬開始高亢嘶鳴、踩踏，並且甩動尾巴。接著，他突然快步奔馳。他越過整片草地，來到山楂樹籬前，他不僅沒有調轉回頭，反而奮力一跳，躍過多刺的樹籬，一去不回。

誰有著黃金馬蹄，
純的純的純純的
純金的馬蹄？
誰長著絲絨般柔軟的鼻子，
絲呀絲呀絲絨鼻，
柔軟如絲絨的鼻子？

大黃蜂齊聲歌唱。接下來由第二隻大黃蜂馬寇講述他的見聞：

第二天，一名使者來到這片隱蔽的草地。使者是一隻天鵝，他問起有著黃金馬蹄的馬兒在哪裡。

一群烏鴉和甲蟲見到當時的情景，他們說：「跑掉了。」一隻大黃蜂也大聲說：「他躍過樹籬了。」天

鵝抖抖身上的羽毛，喃喃自語的說：「糟糕，真糟糕。怎麼會發生這種事呢，有著黃金馬蹄的馬是要獻給國王的，我便是奉命帶他走的。」

「他又不知道這件事。」烏鴉們說。

「當然不知道。」天鵝答：「他應該多點耐心的。現在我要向國王報告，說他跑掉了。」天鵝拍動偌大的翅膀，發出一聲啼叫，便很尊貴的飛走了，草地上的動物們都注視著他在藍天上的身影良久良久。

誰有著黃金馬蹄，
純的純的純純的
純金的馬蹄？
誰長著絲絨般柔軟的鼻子，
絲呀絲呀絲絨鼻，

柔軟如絲絨的鼻子？

大黃蜂們齊聲合唱，翅膀也發出嗡嗡嗡的聲響。接著，第三隻大黃蜂布伍姆踩著小碎步上前說：

馬兒躍過山楂樹籬後不斷奔跑，他快步穿過田野與森林，躍過樹籬和深溝，甚至還游過一條河，最後來到一處其他馬兒吃著草的草地。

他們問他：「你是哪裡來的？」

馬兒不假思索的答：「啊，就這樣呀，沒有從哪個地方來。」

其他馬兒彼此互看，說：「不會吧，你們聽過這種事嗎？」接著他們指著土溝旁一處寸草不生的地點說：「想吃草，就去那邊的角落。」但有著黃金馬蹄的馬兒想跟他們在一起，和他們交朋友。

馬兒說：「我不餓。」並且躺下來休息。

這時其他馬兒才發現，他有著黃金馬蹄。「哇，真稀奇，你們見過這種事嗎？」他們叫嚷著：「呸，你這土豪！」他們發出嘶鳴，彼此嘻嘻哈哈胡鬧，還把尾巴朝著他，到離他遠一點的地方吃草。

誰有著黃金馬蹄，
純的純的純純的
純金的馬蹄？
誰長著絲絨般柔軟的鼻子，
絲呀絲呀絲絨鼻，
柔軟如絲絨的鼻子？

大黃蜂齊聲歌唱，接著第四隻大黃蜂葛諾克曇繼續講述下面的故事：

一大清早，農場工人漢內斯便過來牽馬。他發現新來了一匹馬，便在馬兒兩只耳朵中間撓了撓，摸摸他的鼻子說：「你是一匹帥氣、乖巧又溫馴的馬，你也一起走吧。」馬兒用鼻子蹭了蹭漢內斯的罩衫，踩著小跑步跟著他，其他馬兒踏著響亮的馬蹄聲殿後，並且不屑的嘶鳴著：「他只要待在廚房就好了，他那麼高貴，馬廄配不上他，他連車子都拉不動。」

不過他們錯了。漢內斯把糞車套到新來的馬兒身上，讓他整日辛苦工作，直到傍晚漢內斯幫馬兒解下套具，彎下腰時，他才發現閃亮的黃金馬蹄。「老天！」漢內斯驚呼。

誰有著黃金馬蹄，

純的純的純純的
純金的馬蹄？
誰長著絲絨般柔軟的鼻子，
絲呀絲呀絲絨鼻，
柔軟如絲絨的鼻子？

大黃蜂唱起三部合唱，節奏整齊劃一。接著，名叫福伍姆的第五隻大黃蜂清了清嗓子說：

起先，農人想賣掉擁有著黃金馬蹄的馬，可是漢內斯說，這匹馬很強壯，是匹良駒，於是農人便留下他。馬兒也與漢內斯成了好朋友，但是馬兒不准進廚房。其他馬兒看到新來的馬兒也得辛勤工作，便不再譏笑他，而且大家很快就跟他和睦相處了。當大夥兒一起待在馬廄中或草地上時，有著黃金馬蹄的馬兒不再像生活在隱蔽草地時那麼孤單，他很樂意就此在農莊住下來。

一天傍晚，漢內斯邊撫摸著馬兒柔軟的鼻子邊說：「明天要割草了，這是一份好活兒。」

可是當天夜裡，馬兒被一個叫給克的壞蛋偷走了。給克用布包住馬兒的蹄子，將他牽出馬廄。

誰有著黃金馬蹄，
純的純的純純的
純金的馬蹄？
誰長著絲絨般柔軟的鼻子，

絲呀絲呀絲絨鼻，
柔軟如絲絨的鼻子？

合唱的歌聲非常哀傷；接著第六隻大黃蜂克里納密繼續說：

壞蛋給克將馬兒牽到一間僻靜的穀倉，鐵匠已經帶著大鉗子在那裡等候，準備取下馬兒的黃金馬蹄。不過這可不容易，他們愈是用力拉扯便愈生氣，還高聲叫嚷：「該死的馬，抬起你的腳來！」他們也不斷嘗試，有時試左前腳，有時試右後腳，黃金馬蹄卻有如水泥般牢固。

接著兩人一起抓住鉗子，拚命拉扯，結果鉗子滑脫，兩人都摔個四腳朝天，撞上牆壁；馬兒也受到驚嚇豎起前肢，蹄子在月光下熒熒閃爍，兩個壞蛋開始感到害怕。「算了，」給克說：「我們賣了他。」於是給克便將馬兒帶去給一名富豪。

誰有著黃金馬蹄，

純的純的純純的
純金的馬蹄？
誰長著絲絨般柔軟的鼻子，
絲呀絲呀絲絨鼻，
柔軟如絲絨的鼻子？

大黃蜂以低音大合唱，接著胡伊便在國王面前坐下，繼續講述：

富豪命人將馬兒牽進馬廄，立刻有三名工人為他清潔身體。當他們刷洗到馬蹄時，馬蹄有如寶石般閃閃發亮。於是馬兒被帶到露台上，那裡坐著許多富有的紳士和淑女，馬兒必須在他們面前將四條腿一一抬起，讓大家見識黃金馬蹄。所有人都誇讚：「好棒！」之後，他又被牽回馬廄。

幾天過去，馬兒被賣給另一位富豪，富豪將他帶到一座大廳，那裡鋪著地毯，牆上掛著油畫。「來，來欣賞我這匹獨一無二的馬！」富豪號召朋友過來，將他們帶進大廳。可是，站在那裡的是一匹瘦骨嶙峋的馬。這匹馬本來是菜販的，菜販偷偷的迅速調換兩匹馬，因為他需要一匹強壯的馬為自己拉車。現在，有著黃金馬蹄的馬又得再度拉車，只是這一次沒有人看出他的馬蹄是黃金製的，因為現在他的蹄子黑漆漆的。

誰有著黃金馬蹄，
純的純的純純的
純金的馬蹄？
誰長著絲絨般柔軟的鼻子，
絲呀絲呀絲絨鼻，

柔軟如絲絨的鼻子？

大黃蜂如此唱完，至於馬蹄為何變黑，便由十隻大黃蜂中的第八隻桑思特加以說明：

菜販用瀝青將黃金馬蹄抹黑，免得有人前來找馬。就這樣，有著黃金馬蹄的馬兒拉車拉了好幾年，遭人踹踢、鞭打，被蒼蠅叮咬、受孩童戲弄，夜裡則睡在一間汙穢、吹著穿堂風的馬廄。

馬兒很悲傷，他老是把頭垂得低低的，就連有一天喇叭聲響起時，他也沒有抬頭張望。來人是國王的傳令官，他們來尋找有著黃金馬蹄的馬，但路過時，他們並沒有注意到這匹菜販的馬。

就這樣，又一個冬天過去。隔年的某個夏天傍晚，馬兒被帶往一處草兒已經被啃食殆盡的小草地，疲累的馬兒在那裡來回走動，希望能找到一小簇青草，因此沒有察覺有人走近樹籬。起先響起輕輕的口哨聲，接著，一隻握著一塊糖的手從枝椏間的縫隙伸進來。馬兒怯怯的靠近，他嗅了嗅，接著舔起糖來，並且讓那個人撓他的頭，用鼻子蹭著男人的肩膀，似乎想起了什麼。這時，陌生男子突然輕輕哼唱：

誰有著黃金馬蹄，
純的純的純純的
純金的馬蹄？

大黃蜂還沒開始第二段歌詞，第九隻大黃蜂畢立冰便說起以下的故事：

原來那個人是漢內斯。他聽到傳令官宣告，國王在尋找有著黃金馬蹄的馬。

漢內斯驚呼：「你怎麼變成這副模樣！」但他依然擁抱馬兒，將他帶進馬廄細心刷洗，餵他吃優質的燕麥，刮除他蹄子上的瀝青。

一個星期過後，馬兒變得強壯帥氣，甚至比以前更漂亮，頭也昂然的高高挺直。漢內斯幫他套上一副全新的挽具，將他牽出馬廄，並且昭告所有的人，說他找到了有著黃金馬蹄的馬兒，正準備帶去見國王。

一列盛大的隊伍在熱鬧的喇叭聲、鼓聲中朝皇宮前進，後方跟著一群隨著音樂節奏敲打鍋蓋的孩童。國王佇立在宮殿的庭院等候他們。漢內斯把韁繩交給國王，眾人都高聲歡呼：

恭喜國王，賀喜馬兒！
黃金尾巴配金蹄！

大黃蜂開始跳起舞來，站在中央的第十隻黃蜂皮利士拉也開始說起故事的結局：

一名僕人拿著一條黃金尾巴過來，將它繫在真正的馬尾巴上。接著國王跨上馬背，由漢內斯負責牽著韁繩，在都城裡騎了一圈，街道兩側擠滿了歡呼的群眾。

馬兒心想：「現在我終於知道，為什麼我有黃金馬蹄了。」他生平第一次感到好幸福，絲絨般的鼻子也開心的噴氣。他的黃金尾巴不是真的，不過這樣很好，現在就算在街頭遊蕩的男孩拉扯他的尾巴，他也不覺得痛了。

大黃蜂的舞蹈愈發熱烈，他們搧動翅膀發出宛如擂鼓的聲音，最後用悅耳的低音再次唱起：

誰有著黃金馬蹄，

純的純的純純的
純金的馬蹄？
誰長著絲絨般柔軟的鼻子，
絲呀絲呀絲絨鼻，
柔軟如絲絨的鼻子？

十隻大黃蜂結束時，曼索林國王不禁讚嘆：「太棒了，真是一首優美的敘事詩。故事中的國王是誰呢？」大黃蜂答：「陛下，是人類的國王波索爾。」

「啊，」曼索林國王喃喃說道：「真希望再見到他！」接著他沉吟良久，沉浸在回憶中。

這時，兔子趕緊鑽到鬍鬚底下傾聽心跳聲，他低聲告訴其他動物：「我覺得情況改善，跳得比較規律了。」

突然間，大家都跳了起來，原來是狼打了個哈欠。他說：「我要去睡了。」一對熒綠的眼睛瞪著大黃蜂問：「你們睡覺時不會嗡嗡響吧？」

「不會，不會，不會！」大黃蜂高聲嗡嗡嗡，接著突然飛起，分別降落在國王的十根手指頭上，向國王道晚安；看起來就像國王的手指上戴著十只鑲著大寶石的戒指。大黃蜂道晚安做了優良的示範，狼於是用鼻頭碰觸一下曼索林的膝蓋，之後才回客房。松鼠吱吱叫著說：「一夜好眠！」這才鑽進玻璃廳的天竺葵叢裡。家兔伊可用頭碰了碰國王的一只拖鞋，然後蹦蹦跳跳的回到書籍大廳。鴨子說：「呱，晚安！」這才搖搖擺擺的走進鳶尾花廳，綿羊卻在國王的鬍鬚裡大聲說：「陛下，我載您上床！」

「唧唧！」甲蟲同樣在國王的鬍鬚裡用極其微弱的聲音說：「我會睡得像顆石頭。陛下，祝您安睡。」說完，他就在綿羊的捲毛裡翻了個身。

獅子上前，他把頭貼在國王的腿上，用鼻音說：「祝福您！」曼索林國王撓了撓獅子的後腦勺，並且撫平他的鬃毛說：「一夜好眠，獅子。」這隻體型魁梧的動物便登上塔樓的小房間，他那彷彿垂著流蘇的尾巴也啪躂啪

躂的掃過九段階梯。

最後國王說：「兔子，請你帶大黃蜂到花園廳，他們可以睡在花朵裡。」

大黃蜂嗡嗡嗡的飛行尾隨著兔子。曼索林國王則騎著綿羊回房睡覺，那模樣就像是他騎在自己的鬍鬚上，而鬍鬚上還長出一顆綿羊腦袋。

在緯度極高的寒冷北方，神醫正涉水渡過一條冰冷的山澗。他終於找到離開山谷的出口，卻也損失了兩天的時間。

第九章

隔天清晨，兔子把一罐蜂蜜擺到廚房的早餐桌上，但是十隻大黃蜂並沒有過來，反而整天都待在花園廳，因為他們在那裡找得到充裕的食物，也能彼此陪伴。

其他動物都可以從罐子裡舔取滿滿一舌頭的蜂蜜，不過不能吃太多，因為還得保留一些在收成不佳時備用。

曼索林國王一直到上午相當晚時才現身，他說：「我夢見有著黃金馬蹄的馬，所以今天我想請大家參觀銅馬廄。」

動物們都好奇的跟著他，兔子也氣喘吁吁的走在後方，因為銅馬廄的鑰匙特別大又特別重。獅子將鑰匙插進鎖孔，動物們再合力將門推開。

伊可大喊：「啊，哦！」聲音迴盪在高敞空蕩的空間中。

馬廄中只剩幾根柱子和空空的馬槽，乾草已經清掃掉了；百年來這裡都沒有馬兒居住。

兔子問：「陛下，我們是否該重新整理這裡，這樣要是有馬兒來就有地方住了。」但曼索林國王沒有回答，他只是轉身離去，重回寶座廳。

兔子心想：「他一定非常渴盼有著黃金馬蹄的馬兒會來，說不定好夢能夠成真。」

當天傍晚果真有訪客到來，不過來的並不是馬兒。

當時動物們都坐在廚房裡享用點心，兔子正準備把一大塊越橘蛋糕送到國王的寢殿。就在這時，大門口、廚房窗口底下和馬廄門口同時響起令人嚇破膽的咆哮聲。所有動物，包括獅子全都受到驚嚇，兔子更是嚇得手中的蛋糕都掉到地上了。

「吼噫，吼噫，吼噫！」咆哮聲再次響起，接著是重重一擊，震得整座銅堡轟隆作響。「開門！」一個沙啞的聲音伴隨著噴氣聲大叫。

兔子結結巴巴的說：「獅……獅子，你……你去看看！」並且全身顫抖。

獅子「哼」了一聲，不過他還是小心翼翼的貼牆走向大門，想從門檻的縫隙往外瞄。

「嘿，連個人都沒有嗎？」訪客在門外大吼大叫，緊接著，突然有煙霧經由信箱吹進來。獅子猛然後退，被硫磺的臭味薰得忍不住打噴嚏。

兔子拉住獅子的尾巴說：「無……無論來的是誰，我……我們都必須開……開門，這是國……國王的命……命令。」

其他動物也都擠成一團。獅子緩緩打開門，大家都睜大了眼睛瞪著大門口。這是他們生平第一次見到龍，那隻大家原本以為早已不在世間的三頭龍布瑞格。

「嘶，嘶，嘶！」訪客像收起雨傘般將翅膀收攏，問：「國王還活著嗎？」他說話有點大舌頭。

動物們默默點頭，嚇得不敢動彈。

「那麼，我要為他說個很棒的故事，」噴火龍那顆聲音甜美的頭說。「這個故事精采得不得了，」另一顆聲音嘶啞的頭接著說。「一個令人毛骨悚然的故事。」嗓音沙啞的第三顆頭壓低音量說。話才說完，訪客便吃力的把身軀擠進門來。

兔子、獅子和其他動物全都後退，眼睛卻一動也不動的盯著上下舞動的三顆腦袋上六顆火紅的眼珠子，就這麼一路倒退著走，直到他們被寶座廳的門檻絆倒。

曼索林國王起身，用他年老而視力衰弱的雙眼打量了新來的訪客片刻，接著他鬍鬚周圍浮現出奇特的笑容。國王說：「你還活著呀，三頭龍？你名字叫作布瑞格吧？」

三頭龍說：「千歲國王，我為您而活，我向您低頭致敬，我將為您講述我的故事。」

曼索林國王再度坐下，說：「那好，布瑞格。你自己也活了一千多歲了，歡迎你來到銅堡，我們洗耳恭聽！」

動物們有的爬上火爐旁的長凳，有的鑽到底下，有的走到長凳旁邊，就連綿羊這一次也不敢鑽到國王的鬍鬚底下，反而安安靜靜的不敢出聲。噴火龍布瑞格在寶座前方的地板上坐下，他揚起三顆腦袋：一顆對著動物們，兩顆對著國王，開始講述故事。

噴火龍的故事

很久很久以前，我父親七頭龍佛萊明還在世時，有一次，山神舉辦了盛大的宴會。當時我年紀還很小，無法參加，但我父親受到了邀請。在宴會上，他同時喝起七桶啤酒，喝得啤酒沫到處亂噴。他覺得啤酒美味無比，因此喝完啤酒之後，他又咕嚕咕嚕的灌

了七桶葡萄酒，這些酒在他的肚子裡翻攪，於是他開始打嗝、咳嗽、打噴嚏，想釋放出肚子裡的壓力。偏偏我們噴火龍一打噴嚏就會噴火，惹得山神們大為不悅，最後他們氣得把我父親轟了出去。只是從此以後，我父親再也忘不了啤酒的美味，於是他去找女巫聶喜，請她幫他變出啤酒，而且要一次七桶。女巫卻說：「噴火龍佛萊明，你得付費。」

我父親付給她杜卡托金幣，得到了七桶啤酒；第二天又進行一次交易。第三天，我父親索取七大桶酒；第四天，他喝下七大鐵盆。這時他的金幣也用完了。

「女巫聶喜，」我父親咆哮著問：「給你什麼，你才願意給我滿滿七口井的啤酒？」

「噴火龍佛萊明，」巫婆用嘶啞的聲音說：「想要百年不枯，滿滿七口井的啤酒，就得用你兒子的翅膀來交換。」

我父親飛回家，鼻孔噴著氣走向我。

「你這個三頭廢物，」他對著我怒吼：「從現在起，你就乖乖的待在地面上，用你的腳爬行！」說完，他便取下我的翅膀帶去給女巫。

當時我年紀還太小，無力反抗，不過我還是爬出去，看我父親究竟飛往何方，並且一路爬著追過去。我爬過碎石、岩石、山峰，最後聽到他的咆哮聲和他咕嚕咕嚕從啤酒井喝酒的聲音。

與此同時，我也見到女巫聶喜走出她的洞穴。她身上插著我的翅膀，在岩壁間的小徑上宛如大鳥般上下蹦跳，最後用力起跳，翅膀大大張開，她的身體也離地升起，愈來愈高，愈來愈高，但她還是沒辦法真正飛翔，一陣風吹來，翅膀便像暴風中的傘般翻轉。女巫發出一聲哀號從空中墜落，兩條腿都摔斷了。她躺在地上尖叫，邊拍打著翅膀。我父親目睹這一切，笑到嗆著，差點噎了氣，還朝空中噴出屋子般高的火柱。

我爬上前去想拿回我的翅膀，聶喜卻開始呻吟並且哀求我：「年輕的噴火龍，如果你把我背回洞裡，我就把你的翅膀還給你。」

我背起她爬上她的洞穴，洞裡漆黑一片，於是我朝地面噴出黃色火焰，這樣至少可以稍微看清環境。我把女巫放在椅子上，那把椅子是一顆牛頭，牛角正好可以當作扶手。

閃爍火光投下的陰影，在牆壁上、一排排的魔法書和瓶子上舞動。

「噴火龍，過來一下，」女巫嘶啞的聲音說：「我要獎賞你。」她取出三只銀環分別套在我三個脖子上。「真適合你！」並且發出狂笑。

我請她把我的翅膀還給我。

聶喜大聲說：「拿去！」當我朝她傾身時，

三只銀環卻突然收縮，而且愈縮愈緊，最後我幾乎無法呼吸。「活該，噴火龍，誰叫你想跟女巫打交道。從現在起，你永遠逃不出我的手掌心。」

每當我想靠近她或是想脫逃，銀環就會縮緊，使我幾乎無法呼吸。如果我想把它們取下來，後果也是一樣。

就這樣，年復一年，我不得不留在女巫身邊服侍她。我把所有的魔法書一本一本拿給她，因為她想尋找治療斷腿的藥膏，卻無法離開她的牛頭椅行動。

偶爾，我會聽到外頭傳來的喧鬧聲，那是我父親喝了啤酒井的酒，酒醉後起飛，在空中胡亂飛舞發出的七種吼叫聲。還有大堆石頭轟隆隆滾落山坡，撲通掉進湖裡的聲音；松樹遭閃電劈中，劈劈啪啪燃燒的聲音等等。除此之外，我對外界一無所知。

聶喜把她的魔法書都看過了，卻還是找不到藥膏配方，最後她說：

「噴火龍，這是你的翅膀，拿去吧。飛去找人類，把治療斷腿的藥膏帶回來。不過，你必須在五小時內回到這裡，否則你就會被銀環勒死。」

她把翅膀綁到我的背上，這是我一百年來首次外出，在大地上方飛翔。當時啤酒井已經枯竭，我父親噴火龍佛萊明的屍體躺在山腳下，周圍一片焦土，但我沒有多餘的時間，得趕緊飛往南方，在那裡，我令人類驚嚇懼怕。我在一座城市中到處走動，從鼻孔裡噴出火來，把所有我能找到的藥膏全都帶走。

我返回聶喜的洞穴時，剛好過了整整五個小時。她取下我的翅膀，試過每一種藥膏，可是沒有一種有效，無論她怎麼擦、抹、塗、混合，她的腿都沒有變好，她依然只能困坐在牛頭椅上。

就這樣又過了一百年，有一天她嘶啞的聲音又說：「噴火龍，這是你的翅膀，拿去吧。飛去找人類，把一袋字母帶回來。還有，你必須在五小時內回來，否則你就會被勒死。」

我生平第二次感到自由自在，我飛越山嶺，往上對著雲，往下對著湖噴火，水發出滋滋滋的聲響蒸發了。這一次我同樣在城市中穿梭，用硫磺氣驅趕人類，把所有我找到的、裝著字母的袋子全都打包，接著我便飛回去。飛到半途，五小時即將結束，我脖子上的銀環開始縮緊，我上氣不接下氣的摔倒在洞口前的地面，跌跌撞撞的衝進去。直到我把裝著字母的袋子遞給聶喜，她才讓銀環擴大。

聶喜用嘶啞的聲音下令：「噴火龍，點燈。」於是我便朝她前方的三只鐵鍋噴出黃色火焰。

「哈！」她歡呼：「很快我就知道魔法藥膏該如何調製了。」她取出一只袋子，朝它吹氣，再把內容物倒在地面上。

出來的是「Agg brzm kff aiopff」和許多毫無意義、無法破解的單字。聶喜氣呼呼的用一隻腳踢開這些字母，拿起下一只袋子，重複同樣的過程，但出來的同樣不是魔法配方和調製藥膏所需的材料，而是「Bgg bgg frr」。她就這樣試了好幾個小時，隔天同樣再試，直到倒空所有的袋子為止。

之後，我必須將字母收集起來，讓她從頭再來一遍。幾個星期，幾個月，幾年過去，她不斷重複著同樣的把戲，最後她告訴我：「噴火龍，現在你來試試看。」我拿起一只袋子，把字母撒在地面上，念著上頭的字句：「把我的翅膀給我。把我的翅膀給我。把我的翅膀給我。」

雖然這些句子純粹是碰巧出現的，她還是勃然大怒。「這裡！」她尖叫著說：「給你！飛去把神醫帶來。你必須在三個小時以內找到他，否則這三只銀環會同時勒緊你所有的脖子，你就會從天上掉下來摔死。」

這是我第三次能自由翱翔。不過，現在我已經長成睿智的老噴火龍，能想出聰明的計謀。我沒去找神醫，而是用爪子攫起一名站在自家田地上的老農夫，告訴他，只要他照我說的做，我便會送他一大筆寶藏。

兩小時後，我帶著農夫返回女巫的洞穴。我說：「瞧，神醫在這裡。」這一次我只點起極小的火焰，以免聶喜看清農夫的模樣。老農夫檢查了女巫的斷腿，脫下帽子說：「令人尊敬的女巫女士，我將治好您的病。」

他拿出兩根供豆籐攀爬的桿子，將它們緊靠在女巫兩腿上說：「這兩根桿子必須好好固定，我需要噴火龍脖子上的銀環，把銀環給我。」

「不能用細繩嗎？」女巫問。

「不行，必須用魔法銀環才行。」農夫答。

聶喜非常好奇，她很想知道這樣會有效果嗎，因此她沒有細想就取下我脖子上的銀環，農夫立刻將兩只銀環套住豆籐桿和她雙腿，然後呼喊：「縮緊！」同時將第三只銀環套上她的腦袋。在女巫弄清楚這究竟是怎麼回事前，她的脖子就被她自己的魔法銀環勒住，最後倒臥在牛頭椅前死了。

我帶著老農夫飛離那裡，並且在他的口袋裡裝滿藏在山中的黃金寶藏。我反正要送他回家，因此他連鞋子都脫下來盛裝珍珠，打算送給女兒。

事後我經常在天空翱翔，卻再也不曾驚嚇人類或是造成破壞，因為解救我的是一個人類。而每當我得打噴嚏時，我便前往海上。

噴火龍布瑞格靜默下來。直到這時，曼索林國王和其他動物才發現，布瑞格的脖子上有三道紅色傷痕。「好，」經過漫長的緘默，國王說：「你的事蹟是我王國最後一隻噴火龍的故事，我很榮幸能夠聽到。未來你可以住在城堡的銅馬廄，這些動物會陪你過去。」

兔子一邊顫抖一邊把提燈從鉤子上取下來：「伊可，要一起去嗎？」兔子拉住家兔的手，家兔用另一隻手抓住綿羊的毛，綿羊拉著松鼠，松鼠拉著狼，狼拉著獅子，最後連鴨子也鼓起勇氣一起去。只有甲蟲和大黃蜂一點也不怕，因為噴火龍又能拿他們怎樣？大夥兒就這麼排成一列，走在三頭龍的前方朝馬廄前進，那裡可以提供很寬敞的居處。

「需要我幫你拿些乾草嗎？」兔子殷勤詢問。

「千萬不要，」噴火龍用低沉的嗓音說：「只要我打噴嚏，就會發生火災。」

「那麼，你需要一顆枕頭嗎？」伊可吱吱詢問，他巴不得可以表示自己不怕噴火龍。

「三顆！」噴火龍高聲回答：「請給我石枕。」接著他那三個布滿鱗片的脖子開始在柱子上磨蹭，因為他覺得癢。

獅子帶來三塊大石頭，動物們對噴火龍說：「祝你一夜好眠！」便一一離開馬廏。松鼠跳出門之前，還回頭望了一眼，正好見到布瑞格朝他自己的背後噴火，燒去一天積累的灰塵，準備乾乾淨淨的上床。

曼索林國王已經上床，其他動物也紛紛返回自己的位置。今晚，連兔子也睡得非常香甜，因為國王的心臟似乎逐漸好轉，兔子幾乎忘了神醫。

但此刻，神醫正滑下最後一處山坡，匆匆穿過陰暗的冷杉林，趕往七座黑色湖泊圍成的環圈，那裡便是鑰匙草生長的地方。地平線上烏雲密布，萬一下起雪來，一切的努力就將化為烏有。

第十章

第二天清晨，兔子走進廚房時，正好撞見噴火龍的三顆腦袋從窗口伸進來，對著幾只鍋子嗅嗅聞聞，嚇了他一大跳。

「喂，喂，幹麼嚇成這樣啊！」噴火龍友善的說：「我準備幫爐子生火。」他把火吹旺，讓兔子可以立刻煮粥。

其他動物圍坐在廚房桌邊用餐時，布瑞格也把腦袋伸進來，啪嗒啪嗒的吃起三個盤子上的食物。其他動物對這頭巨獸的畏懼逐漸消滅。稍後，大夥兒陪著曼索林國王在銅堡的廊道中散步時，松鼠甚至騎在布瑞格的背上呢。

走到廊道最後一扇門時，曼索林國王停下腳步說：「今天，我要給你們看一個非常特別的東西。」

他打開門，裡頭是珍珠母大廳。動物們獲准逐一瀏覽片刻，先是狼，接著是松鼠、家兔、鴨子、綿羊與甲蟲、獅子、十隻大黃蜂，噴火龍殿後，但他接到命令，必須憋氣不准呼吸。

「走吧！」國王說：「今天傍晚，我們在寶座那裡見。」動物們輕聲細語的邊交談邊沿著長長的銅廊離去，留下曼索林國王扶靠著忠心的兔子，進入珍珠母大廳。置身其中，彷彿站在一個巨大的貝殼裡：從地板、牆壁到天花板都極薄，薄到外頭的光線能透進來。整座大廳泛著粉紅與紫色光澤，牆面鑲嵌著珠串，長凳和椅子上也鋪著金線織成的錦緞。

國王在最大的一把椅子上坐下，他環顧著大廳，想起許久以前在這裡舉行的盛大宴會，眼前彷彿又見到四處張燈結綵，點綴著白玫瑰和紫藤花的景象；耳中聽見音樂的旋律，見到舞者：十二名矮人雙手插腰，腳下的靴子踩踏著地板；十二隻天鵝擺動著脖子，張開雙翼優雅轉動；十二隻黑熊隨著音樂節拍蹦跳，摔倒跌成一團。他還聽到了歡笑聲、拍掌聲、杯子的叮噹聲，見到一群侍者端著缽碗進來，聞到空氣中的香氣，忍不住一嗅再嗅……接著他突然哀傷的感嘆：「啊，忠心的兔子，這一切都過去了，現在我老了，不久於人世。」國王揪住胸口，彷彿想感受自己的心臟是否還在跳動。接著他便拖著腳步，沉沉的靠在忠心的兔子身上，一步一步緩緩的走回寶座，滿懷愁緒的在那裡呆坐一整天，連晚餐可口的百合花湯和美味的香煎塊根，也無法掃除陰霾令他開心。

飯後，兔子悄悄把耳朵湊近國王的鬍鬚中，國王的心臟跳動得

極不規律，就像一只不僅歪斜、而且發條即將停擺的時鐘。

兔子擔心極了，心想：「萬一現在沒有人來說故事，國王就過不了今晚了。」

其他動物也都了解，此時此刻最好保持安靜。大家一如往常坐在火爐邊，唯獨噴火龍躺在寶座後方，因為那裡空間比較大。

大家鬱悶的聚在一起已經超過一個鐘頭了，這時，大門口突然傳來了鈴聲，兔子一躍而起。

「謝天謝地，有人來了！」他高聲呼喊，同時以最快的速度穿過廊道，急忙打開大門。

可是門口沒有任何人。

兔子將提燈高舉過頭，想瞧個仔細。然而，門外依然空空如也。

「誰？」他高聲詢問。

有人答：「這裡！我們在這裡，在門檻前面。」

兔子把提燈放得很低，低到他腳趾的位置，並且彎下腰來，好把地面看個仔細。他見到兩隻老鼠，一褐一灰，他們手拉著手站在門檻前。

「我們知道很有趣的故事。」灰鼠吱吱的說。

「他知道兩個，我知道三個。」褐鼠吱吱的說。

「才不！我也知道三個故事！」灰鼠高聲抗議：「而且聽我們說故事的人都很開心。」

「好好，你們來得正好。」兔子說：「我這就帶你們去見國王。」

兔子關上大門，在兩隻踩著小碎步的老鼠前方跑回寶座廳。他隆重的介紹：「陛下，有兩位訪客到來，他們來說很有趣的故事。」

曼索林國王幾乎一動也不動，似乎也沒有發現，兩隻老鼠正優雅的向他鞠躬行禮。國王只是抑鬱的說：「那麼就開始吧。」

兩隻老鼠逗趣的跳了一下，說：「我們一個是城市鼠，一個是田鼠，大家聽好了！」

田鼠和城市鼠的故事

「我先！」褐色的田鼠大聲說：「我的故事很棒，故事雖然短，卻能引人深思。這是關於蒲公英的故事，故事是這樣的……」

蒲公英

「明天你還會來聞我嗎？」蒲公英問馬兒。

第二天，馬兒又過來。

「你的鼻子好暖好軟。」

隔天，馬兒又過來。

「小心，免得你的馬蹄踩到我。」蒲公英說。

後來來了一位農家小姑娘，她採下那朵蒲公英，馬兒一路跟隨著她。

「馬兒，有什麼事嗎？」小姑娘問，馬兒卻只是伸長了脖子嗅著她手上的花。

「再會了，馬兒，」蒲公英說：「我永遠不會忘記你的鼻子。」

小姑娘將蒲公英插在花瓶中，經過一個星期，蒲公英變成一團灰色絨

球。小姑娘對著這團絨球吹氣，花絮便紛紛飛舞。小姑娘數了數剩下的，歡呼著說：「好耶，我一次就有八十個孩子！」

十顆小種子落到地上，長出蒲公英，長出夢見一匹馬鼻子的蒲公英。

「完畢！」田鼠大聲說。

「現在輪到我！」灰色城市鼠說：「我的故事非常緊張刺激，雖然也很短，卻堪稱是個冒險故事。它既特別又巧妙，因為故事發生在未來，人類坐的是火車和汽車，生活在大都市裡。大家聽好了……」

冒險家

荷蘭有一座城市叫作韋斯普，那裡住著一隻公

鼠。有一天，他跳上一列火車，一路坐到巴恩。在那裡，他又爬進一個男人的大衣內，隨著男人登上一輛公車。公車駛往德比爾特，老鼠在那裡下車，跳上了一輛汽車，可是這輛車開得好快，老鼠被風吹落，掉到了一座橋上。當時橋下正好有艘船經過，老鼠落到船上，一路來到了蒂爾，而他的姪女就住在蒂爾一位醫生家。老鼠敲了敲姪女的鼠洞。

「誰呀？」他的姪女問。

「是我。」老鼠答。

「你是怎麼來的？」姪女問。

「坐火車、公車、汽車，還有船。」老鼠說。

老鼠在姪女家住了兩天，他們享用醫生的起司，夜裡在已經擺好隔天早餐餐具的桌上跳舞。他們不停的繞過盛裝著果醬、糖漿與蜂蜜的碗，跳完舞，便躺在醫生的餐巾裡睡覺，就像是躺在鋪著潔白床單的床上入眠。

然後，老鼠又得回家了。

「你要怎麼回韋斯普？」姪女問。

「跟著郵件回去。」老鼠說。

他給了姪女一個吻，便跳進一個盒子裡。這個盒子是準備寄往海牙的，但是火車開到半路上，老鼠就爬出盒子，想找一件寄往韋斯普的包裹。他跳進寫著「韋」的格子裡，那裡的郵件一件是要寄往韋爾特，一件寄往韋克，還有一件寄往韋爾普，卻沒有要寄往韋斯普的。

「不如就去巴恩吧！」老鼠心想。然而，在寫著「巴」的格子裡只有一個要寄往巴森的包裹。老鼠想：「這樣也好。」便在包裹上咬個洞爬了進去。火車抵達巴森時，他跳下火車跑去白脫牛奶水渠，水面有只木鞋，他便將報紙做成船帆，航行到韋斯普。回到家以後，他在自己的老鼠洞上掛了一個新名牌：J．老鼠，探險家

「好啦好啦，」田鼠吱吱叫的說：「這個故事確實很巧妙，但是無法打動聽眾的心，而一則故事最美妙的地方，就在於會讓聽的人想哭。現在，我就要講一則這樣的故事給各位聽，這個故事叫作『田鼠』，不過，並不是我自己的經歷。」

他先沉默片刻，才開始講述這則故事：

田鼠

有隻田鼠住在荊棘叢底下一片僻靜的草地。白天，他在草莖間吱吱叫著奔跑，窸窸窣窣的到處蹦蹦跳跳；夜裡，他凝視著月亮，這時，鴟鴞從他頭頂上方飛過，淒厲的啼聲響徹暗夜。但貓頭鷹沒有叫嚷，月亮也沒有；月亮整晚都在空中移動，雖然它一定有許多話要說，卻默默無語。因此，田鼠從不在月圓之夜睡覺。

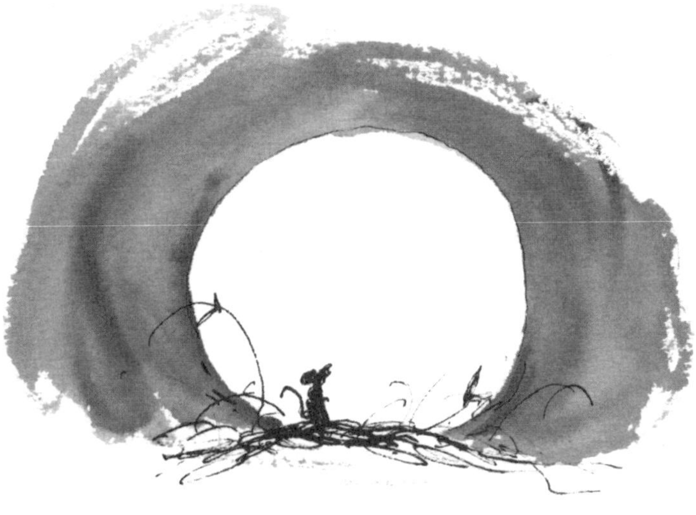

一天晚上，她被一隻神祕的雕鴞抓走。她最後一次見到月亮，月亮是顛倒的；她最後一次見到她的草地和荊棘，心中想著：「荊棘為什麼沒有向我揮手道別？連一根枝條都沒有揮動？」

接著，一切消失了，他對這些事物的思緒也一併消失。他的世界結束了。

「好了，」城市鼠將田鼠推開說：「這就是你唯一知道的兩則故事。你生活在田地上孤陋寡聞，可是我居住在都市裡，聽到的事可就多了。有一次我躲在我爐子後頭的洞穴，聽到一個爺爺說給一個小女孩聽的故事，一則關於雨滴的故事。故事是這樣的……」

雨滴

昨天的雨和今天的雨外表看來一模一樣，但它們並不是同樣的雨滴。有一次，君士坦丁大帝外出狩獵，為了躲雨來到一棵橡樹下。這時，有顆雨落到最底下的樹枝上，那顆雨滴叫作思巴。思巴拚命想抓緊綠葉，但是葉子太滑溜了，最後思巴滑落到地面，滲進了沙地裡。它好想把地面的景物看個仔細，卻只能匆匆瞄上一眼，之後不得不在地底下待上五百年。思巴氣壞了，它不斷吶喊：「我再也受不了了！」

它愈滲愈深，最後滲入地下水，游到了一處水泉，又被泉水向上輸送，進入了一條小溪，接著流入大河，最後流進大海。大海中有許多思巴的同伴，思巴被擠到最底層，擠在海底一個小小的位置，在那裡待了五百年，並且不斷的吶喊：「我再也受不了了！」

　　後來它進入了一隻牡蠣體內，一名潛水夫帶著牡蠣游向海面，思巴趁機跳出來，落到了海面上。從此，思巴隨波逐流，遊歷了所有的海洋，經過了許許多多的海峽。大家不妨看看地圖：所有藍色的位置，思巴都去過，但是地圖上用綠色或黃色標示的地方，它都沒去過，而它極度嚮往的其實是：見識地球。

　　有一天，思巴被一名水手用桶子撈起來倒在甲板上，在暖和的陽光下扁扁的躺在那裡。現在它再也無法凝

聚成水滴，它變成蒸氣飛向上空的雲朵。風將思巴送往雲朵中，也吹送雲朵從地面上方飛掠而過，而雲又降落成雨。

這是不久以前的事，落在你鼻子上的第一顆雨滴就是思巴，可是你已經將它從鼻子上抹掉了，於是它就滴落到地面，滲進地底下，幾乎沒有時間好好看看地球，就跟當年遇到君士坦丁大帝時一樣。而這一次，它又待在泥土裡必須再等待數百年。

城市鼠靜默下來，田鼠則感嘆著說：「本來，現在應該唱一首歌作為我們演出的結尾，平常都是由我們的一個好朋友負責演唱的。他是家丁鼠，每次我們表演時他總會陪同演出。他會唱一首優美的曲子，而且以他自己的旋律唱得情感洋溢。不過，這一次他無法前來，因為他的主人小漢斯·克納貝不能那麼久沒有他。不過，他請我們代他問候陛下您。」

田鼠沉靜了片刻，接著他問城市鼠：

「要不要試試我們的老鼠二重唱？」

「好啊！」城市鼠答。

兩隻老鼠手拉著手，輕輕哼唱著找出適合的音調，接著跳兩步，吱吱合唱了起來：

我和你，你和我，
我睡覺，正香甜，
誰在呼喚我？
誰叫著吱吱吱，
老鼠米普！
是你在鞋裡嗎？

田鼠大聲說：「完畢！」

城市鼠也說：「結束！」

接著深深一鞠躬結束演出。

火爐旁的動物們紛紛用尾巴敲擊地面，表示他們覺得兩隻老鼠的故事和歌曲都非常精采。「不過，現在結束也很好，」狼低沉的嗓音咕噥著：「再吱吱太久就不美了。」

幸虧兩隻老鼠沒聽見這番話，他們滿心期待的仰望著曼索林國王，想知道國王是否喜歡他們的表演。可是國王什麼話都沒說，他陷入自己的思緒中，沒有抬起頭來。兩隻老鼠於是順著國王的鬍鬚向上爬，分別坐在他的膝蓋上，田鼠坐左膝，城市鼠坐右膝。

「陛下！」他們很小聲的吱吱呼喚。

曼索林國王說：「你們從那麼遙遠的地方來，就只是為了要為我說故事和唱歌嗎？」

「是的，陛下。」城市鼠回答。

「有時候我們也搭車，」田鼠喋喋不休：「跟著有柵欄的馬車過來。」

「好好。」曼索林國王又問：「家丁鼠託你們問候我？」

國王似乎凝望著遠方，他眼中閃爍著嶄新的光芒：「他不是跟隨著名的動物探險隊前往樹墩人的領域嗎？」

「是的，這件事我們也有耳聞。」兩隻老鼠說。

「啊，那已經是好久以前的事了，」國王喟嘆一聲說：「這個故事我真想再聽一遍，但那是給人類聽的故事，就如同哈比人的故事也是給人類聽的。」

國王沉默了好久，兔子小心翼翼的靠過來聽取國王的心跳聲。國王的心臟跳得很緩慢，不過，比上午時要規律些。過了好一會兒，國王終於又開口：「親愛的老鼠，感謝你們的故事和歌曲，你們的表演令人精神大振。各位，祝大家睡個好覺。」

「陛下，祝您一夜好眠。」動物們輕聲說，接著紛紛上床睡覺。

「嗯，」兔子心想：「兩隻老鼠是不是得在珍珠母廳過夜呢？」但他們並不願意。

他們吱吱的說：「讓我們睡在廚房的爐灶下吧。」

兔子說：「好吧，可是你們不可以偷吃東西喔！」

兩隻老鼠答應了。很快的，銅堡中一片寧靜。同一時間，在一百多哩外，神醫正在高緯度的遙遠北方，他想從黑色湖泊之間找出路徑，前往生長鑰匙草的隱蔽地點。當第一朵冰冷的雪花掉落在他鼻頭上時，他「唉」的哀嘆了一聲。

第十一章

隔天，也就是神醫動身尋覓藥草救治曼索林國王的第十一天，國王沒有起床。早餐時間，動物們在廚房裡默默的坐著。兩隻老鼠展開歌喉，唱到第三個音符時卻陡然停住；噴火龍剩下兩盤燕麥粥沒吃；狼把椅子往後挪，啃著自己的爪子；家兔憂心忡忡的凝視著盤子；松鼠鼓脹著雙頰坐在那裡，卻忘了要咀嚼；綿羊別過身去面對著牆壁；鴨子悶悶不樂的搖晃著腦袋；十隻大黃蜂默默圍坐在糖碗周圍。兔子則靜靜的繫上格子圍裙，準備清洗餐具。

這一天，銅堡沒有開啟任何大廳，因為國王竟日躺在床上。他誰也不想見，什麼也不想吃。直到時間相當晚了，動物們決定不去寶座廳時，國王才命人傳喚綿羊。國王說：「載我去御座，我要再一次坐在御座上。」

綿羊立刻遵命，他想：「國王就快死了，我們大家都必須陪伴著他。」兔子要先幫火爐生火，因為那裡很冷。他請噴火龍朝爐子裡噴火，噴火龍的一顆腦袋朝爐門彎下時突然頓住，因為這時從煙囪裡傳出了聲音。

「哈囉？」他噴著氣往上方詢問。

「哈囉！」傳來微細的啾啾聲，接著突然有隻鳥兒穿過煙囪飛下來。

那是一隻燕子。

「你們都沒有人可以開門嗎？」燕子抱怨：「我在門上又啄又敲，還對著信箱啼叫，門卻還是關得緊緊的。」

「誰來了？」曼索林國王疲憊的問。

「陛下，是一隻燕子。」兔子稟報：「我想，她有故事要說。」

「而且是超棒的故事！」燕子高聲說：「我們燕子知道非常美妙的故事，因為我們四處飛翔。我們飛越最高的山和最遼闊的海，見識過各種沒有人認為可能的事，所以我特地前來，今晚要向各位講述我們燕子聽過最美妙的故事，也就是魔法師女兒的故事。」

國王的目光稍微亮起，他身體略微放鬆，背往寶座上靠，說：「這個故事我還未曾聽過。燕子，說給我們聽吧，我們洗耳恭聽。」

火爐裡的火開始燃燒，動物們全都安靜坐下，燕子也開始說起她的故事。

燕子的故事

　　魔法師特萊格心地很善良，他住在一棟有座高塔的老城堡中，高塔上住著一隻燕子，我的故事就是從她那裡聽來的。

　　除此之外，城堡裡還住著一名年輕的園丁、一名年邁的女僕和魔法師的女兒。魔法師的女兒名叫哈克絲莅玢，她是個被寵壞的女孩，凡是她想要的，她爸爸都會變給她。

　　哈克絲莅玢三歲時想要一個洋娃娃，於是她眼前立刻出現了一個洋娃娃。接著她還想要娃娃的紅色帽子、粉紅色小外套、綠色褲子、黃色長襪和咖啡色鞋子，轉眼間，這些東西一一出現了。她又覺得這樣的搭配不好，於是許願要另一個洋娃娃，這個洋娃娃要搭配黃色帽子、黑色小外

套、紅色褲子和紅色涼鞋。她玩這個洋娃娃玩了一整天。第二天，她想要一個穿著橘色小外套、光腳的洋娃娃；到了中午，她又要一個穿著紫丁香色鞋，有著藍色頭髮的洋娃娃。三天後，她總共擁有上百個洋娃娃以及上千種各式顏色的洋娃娃服飾與鞋子。這些洋娃娃並排坐著一動也不動，因為哈克絲菈玜再也沒有多瞧她們一眼。

現在她玩的是一顆氣球。

她高聲呼喊：「哇！」接著鬆手讓氣球升空，並且許願要另一顆。她一連許願十次，純粹為了好玩，因為每次都會出現一顆新氣球。接著她想要一顆上頭有她名字的超大氣球，然後是老鼠形狀的，最後她同時要三百九十六顆氣球。

她花了兩天的時間，才數完是否真是三百九十六顆氣球；接著又花了兩天的時間，讓氣球一一飛走。

「這一次我要八萬五千兩百六十三顆！」哈克絲菈玜大聲呼喊。下一瞬間她差點窒息而死，因為房間裡塞滿了氣球，擠得她無法呼吸，鼻子也差點被氣球壓扁。

她尖叫著：「爸爸，救我！」

可是爸爸聽不到她的呼救聲，因為她的聲音被氣球吸收掉了。氣球從四面八方擠壓過來，她動彈不得，幾乎快失去意識。幸好，年邁的女僕這一刻恰好進來房間。女僕臉上布滿比她鼻子還大的皺褶，不過其他人幾乎從未見過，因為她年紀太大，身體嚴重佝僂，必須先坐下來眼睛才能平視；她已經很久沒有見到天空了。

女僕撞上堆滿房間的氣

球，驚呼：「親愛的孩子，妳到底做了什麼？」她取來一根針，將氣球刺破，使氣球縮癟。接著，她搖晃著在她懷中驚恐哭泣的哈克絲莅玜，說：「哈克絲莅玜，妳怎麼能許這麼瘋狂的願望呢！」

接下來好幾年，哈克絲莅玜都不敢再許願了。不過，在她十二歲那年，她想要一匹馬。馬兒有著柔軟如絲絨的鼻子、深色的皮毛和黑色的尾巴。哈克絲莅玜立刻跳上馬背馳騁，啪躂啪躂的穿過街道，再倏普倏普的來到田野上。

村子裡的孩童高聲叫嚷：「魔法師的女兒騎馬來了。」見到哈克絲莅玜到來，他們問她：「我們可以一起騎嗎？」

哈克絲莅玜點點頭，將他們輪番抱到馬背後頭，後來她還和他們玩起躲貓貓和鬼抓人，玩得開心極了。

第二天，哈克絲莅玜邀請所有孩童到家裡，她給他們看她所有的洋娃

娃和漂亮的洋娃娃服飾。之後，大家圍坐著一張桌子，每個人都可以說出自己想要什麼。有人想要一杯紅色檸檬水，下一秒，紅色檸檬水就出現了。有人想要黃色檸檬水，裡頭還要插著一根吸管，結果東西馬上就出現在桌上。第三名孩童想要一大塊奶油蛋糕，第四名孩童想要好多好多的鮮奶油，第五名孩童想要一個巧克力象，第六名孩童要堆得高高的甜米粥，而大家的願望總是瞬間實現。大家開心吃著，直到再也吃不下了為止。這時候哈克絲菈玜宣布，每個人還可以再提出一個願望，不過，必須先等她爸爸到。

過了一會兒，門開啟，魔法師特萊格走了進來。他頭上戴著黑色尖帽，帽子上纏繞著綠色帶子，帽子底下露出白髮，而他的鼻子則利得如同一把刀。

「嗨，小朋友，」他用彷彿母雞下蛋般咯咯啼的聲音問：「你們想要點好東西嗎？」孩童們只是怯怯的望著他的一口黑牙不出聲。「那麼就開始吧！」說著，從他的外套裡露出一雙雪白的手來。

一個十四歲的男孩結結巴巴的說：「我……我想要一隻兔子。」話還沒說完，他懷裡就依偎著一隻長長耳朵平貼著背、暖呼呼的兔子。

其他孩童於是也鼓起勇氣，紛紛說出自己的願望。一個小女孩說：

「我想要一隻小山羊！」突然間，一隻咩咩叫的嬌小母山羊便憑空出現。

一個小男孩說：「我要一個大風箏，風箏上還要有一百哩長的線！」

話一說完，他的願望便出現在面前。

「我要一輛車！」另一名孩童大喊。

「我要一大袋彈珠！」

「我要一把步槍！」

「我要一棟超大的房子！」

「我要一座宮殿！」

一陣震耳欲聾的聲音響起，因為他們想要的東西都同時出現，可是房子和宮殿太大，大到許願的孩童自己都嚇到，立即反悔說：「不要，不要，我不要房子，我要改成一個呼啦圈！」或是：「我不要宮殿，我想改要一架秋千。」

而後來才輪到他們許願的孩童想要的東西也陸陸續續出現，比如有人想要一頭真正的獅子，有人想要瀑布，還有一個男孩想要一個小妹妹。

最後，這些東西全都或站或躺的出現在孩子的周遭。可是母山羊懼怕邊咆哮邊走動的獅子，房子壓到了漂亮的風箏，瀑布濺溼了所有東西，而可憐的小妹妹哭得令人心都碎了，因為她不認識她的小哥哥。就這樣，孩童們開始大吵大鬧，女孩哭了，男孩則用難聽的話痛罵她們。

看到這些情景，哈克絲菈玖呆住了。現在沒有人理她，沒有人跟她玩耍，也沒有人感到開心。她雙手遮臉，哭著跑去找爸爸。「把這些人都變走！」她大喊：「求你把這些東西和這些人都變走！我不想再見到他們了！」她嚎啕大哭。

等到她停止哭泣時，孩童和東西全都不見，只有年邁的女僕還站在原地。她搖搖頭說：「哈克絲菈玖，哈克絲菈玖，妳又搞出什麼願望了！」

經過好長一段時間，哈克絲菈玆才又敢向爸爸許願。這時她已經二十一歲了，她想要一名男子，而一轉眼，在她對面便出現了一名坐在火爐旁朗讀書籍的男子。

「啊，好無聊的男子啊！」哈克絲菈玆打著哈欠說，隨即許願將他變走。

「我要一個來解救我的王子！」她如此呼喊，立刻就有一個王子跪在她面前，親吻她的手。王子有著一頭烏黑的鬈髮，穿著白色的褲子。

「你是從哪裡來的？」哈克絲菈玆問。

王子抬頭望著她，似乎陷入苦思之中。接著他回答說：「我不知道，不過我非常非常愛妳。」

「你不知道自己來自何方？」哈克絲菈玆訝異的問：「那你是怎麼來到這裡的？」

「我不知道，」王子說：「可是我好愛好愛妳。」

「難道你沒有統治廣大王國的父親，沒有未來我會成為王后的王國嗎？」

「我不知道，」王子又說：「但是這又有什麼關係呢，我是如此，哦，如此的深愛著妳！」

哈克絲菈玹傷心欲絕，她要一個突然冒出來又一無所有的魔法王子做什麼，於是她又許願將他變走。

她高聲吶喊：「我要一個真正的男人！」

在她一生中，第一次什麼都沒有發生。

她先是愣了一下，接著氣呼呼的跑去找父親。魔法師搖搖頭，說他沒辦法變出一個真真實實的人。

哈克絲菈玜說：「那我就自己去找他。」

於是她許願要一匹馬，向父親道別後，便在年邁女僕的陪伴下，出發前往外頭遼闊的世界。

七年過去了，她們遊歷了所有的國家，哈克絲菈玜認識了七百名年輕男子，卻沒有一個是她想結婚的對象。最後，她決定返回父親魔法師特萊格的古老城堡。

經過漫長的旅途後，她走經花園門口，這時年邁的女僕拉拉她的衣袖，要她看一眼在花園裡鋤草的年輕園丁。

「啊，」哈克絲菈玜說：「他正是我想結婚的男子，他比我見過的七百名男子都更好。」

婚禮在一個星期後舉行，特萊格變出婚禮蛋糕，年邁的女僕在自己頭上插花，而燕子則坐在窗戶上觀望。

哈克絲菈玜和她的真男人丈夫過得非常快樂，她再也沒有許願將他變走。

說完故事，燕子便向曼索林國王深深一鞠躬，說：「陛下，請您允許我在這裡住上幾天，之後我就要飛向南方了。」

國王點頭說：「當然可以，謝謝妳帶來的故事。兔子，請你帶燕子到城堡的最高點，她可以住在高塔房間一旁的牆洞裡。」

燕子說：「陛下，謝謝您。」而其他動物也紛紛道謝並說晚安，同時對國王鞠躬，並且彼此相互鞠躬，連噴火龍都以他的三顆頭鞠躬。隨後大家安靜的退出大廳，回到各自的住處，唯獨綿羊先謹慎小心的將國王載回床上。這時，兔子詢問燕子：「妳飛得那麼快，那麼，從神醫派妳來到現在，已經過了多久？」

燕子答：「三天。」

「當時他人在哪裡？」

「在北方的荒山。當時他掉落到一處深谷，我告訴他爬上去的路徑，可是他已經浪費了兩天的時間。」

「那麼，當他回來時已經太遲了。」兔子喃喃自語，一邊用手掌擦拭臉頰上的淚水。

兔子一夜沒睡，他一直在國王床畔陪伴，耳朵貼在國王的鬍鬚中，聽取國王的心跳聲。

神醫能夠及時趕回來嗎？此時此刻，他已經來到鑰匙草生長的地點，可是當地積雪深厚，他必須用雙手將雪挖開，才能找到正確位置；只是，鑰匙草說不定都凍死了……

第十二章

第十二天清晨，陽光歡愉的投射在廚房的鍋釜上，映照得銅牆閃閃發亮。爐火旺盛，燕麥粥也滋滋作響，沸騰噴濺。

這時，獅子突然對著早餐桌用力一拍說：「見鬼啦，大家不要再悶悶不樂了！只要國王還活著，我們就得想辦法逗他開心。就算他躺在床上，我們也可以娛樂他一下。你們覺得怎麼樣？誰有點子？」

「可以辦場音樂會，」田鼠說：「城堡裡有喇叭或是手搖風琴嗎？」

「等一下！」兔子高喊：「我有手風琴！」

他趕緊蹦跳著出去，一分鐘後便帶著手風琴回來；這台手風琴擺在雜物間裡已經好幾年了。

「哎喲，」狼嘟囔著：「看來我們得像大黃蜂那樣合唱了。」

兔子在廚房的凳子上坐下，試試自己是否還會彈奏；他試了歪—歪—歪的旋律，又試了咚—咚—咚的旋律。

鴨子的聲音加入，大黃蜂嗡嗡的唱起低音部，兩隻老鼠也吹起蘆管合奏，樂音極為悅耳，曼索林國王聽了一定會開心的。動物們練習了一整個上午，等到他們排練好一項表演時，國王依然在睡覺。中午，大家聚集在國王的病床周圍，只有家兔沒有到場，因為他必須守候大門，留意是否有人敲門。

「陛下，」兔子說：「輕鬆愉快的表演要開始了。一、二、三！」兩隻老鼠開始吹起他們的蘆笛：哩—哩—特哩—特哩—咘哩—咘哩。兔子拿起手風琴，在胸前將風箱盡量拉開，接著又將風箱推攏，隨即響起悠揚的樂音；獅子拉動窗簾的拉繩；鴨子和綿羊呱呱喊、咩咩叫；松鼠搖著一只小鈴鐺；噴火龍用尾巴打拍子；燕子唱起歌來；而狼呢，他唱起歌來荒腔走板，所以他不想跟著唱，便負責拿樂譜。

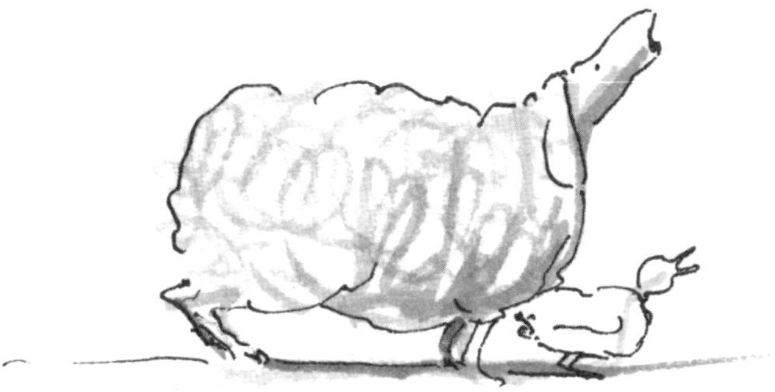

森林青翠，海洋湛藍，
咘哩—咘哩，咩—咩，呱—呱，咘—咘。
月色淡白，白雪皚皚，
陽光照耀，砂地灼熱。
我們唱著呱—呱，咩—咩，咚—咚，
我們唱著、演奏著，在國王的宮殿裡，
叮叮、噹噹，哩—哩—咘哩—咘哩，
我們為曼索林國王獻唱。

年邁的國王略微坐起身，從床上看著這些動物，喃喃說道：「就像是回到了珍珠母廳盛大宴會的舊時光。」他臉上露出一抹微笑，浮現許多新皺紋。

兔子發現了，他更加賣力的將手風琴拉開再合攏。開—合，開—合。老鼠吹著吹著也開始蹦跳起來，甲蟲唧唧唱和，綿羊也準備跳起舞步。這場演出差點就變得過度喧鬧，對年邁的國王有害。就在這時，門扇突然開啟，家兔蹦蹦跳跳的進來大喊：「大家看這裡！」

一隻驢子出現在大家面前，他低垂著頭，兩隻耳朵耷拉下垂。動物們全都停止唱奏，現場一片死寂。

「我……我認為……我將……我

要……我應該……」新來的訪客一邊用前蹄抓著地板，一邊說：「其實我是來說故事的，只是我是一頭可憐的驢子，而……」

「哦，」兔子說：「你這頭可憐的驢子是來為國王說故事的嗎？」

驢子點頭，長長的耳朵也隨著上下擺動。接著，他抬起頭來看了看圍成一圈的動物，抬頭看了看曼索林國王鬍鬚一路垂到地板上的那張床。過了一會兒他才繼續說：「可是……可是應該不需要了吧？」

「需要，需要！」兔子急忙說：「這位是國王。」

曼索林國王伸出手來，撓了撓可憐的驢子低垂的腦袋，然後說：「我很樂意聽聽你的故事，不過，等傍晚時到我的床邊說吧，我現在還想再睡一下。」

「遵命，陛下。」兔子回應。其他動物也安靜的退出國王的寢室。

傍晚，可憐的驢子跟著大家一起坐在廚房裡，他坐在狼和獅子中間，啃著兔子特別為他烤的燕麥糕。綿羊問他來自何方，可是驢子沒有回答，也許他的故事裡會透露答案吧。

飯後，兔子又為國王在臥房裡多點上幾根蠟燭，獅子把枕頭抖鬆，讓國王可以稍微撐起身體坐著，噴火龍蜷縮在一個角落裡，其他動物則在床邊坐下，兔子也坐在國王垂下來的鬍鬚上。驢子開始說起他的故事。

可憐驢子的故事

從前我得……我從前……其實我應該……我是說，從前我有一頂帽子，那是因為我在一個貧窮的農夫家工作，一整天都得繞著水井走，推動一根木桿子，讓綁在木桿上的繩子把汲好水的桶子從井裡拉上來。可是，照在我頭上的陽光總是那麼熾熱，晒得我頭昏腦脹，突然倒退著走，結果水桶又掉回了井裡。

因此我得到了一頂帽子，一頂黃色草帽。農夫在帽子上戳了兩個洞，套在我耳朵上，以免帽子被風吹落；這麼一來，太陽就晒不到我，我就能整天推著木桿走，繞圈圈，繞圈圈，「澌—澌—澌」的把桶子裡的水倒出來。夜裡，我站在糧倉裡，在睡夢中，仍然不停的繞著圈圈走呀走。不過每逢星期天，我可以到草地上，這時我就可以筆直的走上一段路。

後來農夫買了一頭母驢，每天晚上母驢也會來到糧倉。她有著大大的眼睛，兩顆眼珠子明亮得就像月長石。有一次她對我說：「你的帽子真漂亮，我想和你結婚。」我太開心了，因為我從沒想到，她會覺得我很帥。她又說，星期天我們就在草地上結婚吧。於是我答……我想……我要……我覺得……我說：「好啊。」之後幾天，我一直想著這件事，每當桶子裡的水「澌—澌—澌」的倒出來，我就想著「好—好—好」，因為我再也不會孤家寡人了。我心想：「這麼一來，夜裡的夢也許就不再繞圈圈了。」果然沒錯，當天晚上我夢見我們的婚禮：雲雀為婚禮高歌，蟋蟀演奏婚禮進行曲，而我則送給新娘一束白花三葉草。

沒想到，這個星期天，農夫不讓我們一起待在草地上。有一道石牆把我們分隔開來，母驢開始發出「伊—啊、伊—啊」的尖叫聲，並且呼喊：

「我那戴著黃色帽子的新郎，跳牆過來，我們就可以結婚了！」

我開始助跑，接著起跳，我這輩子從沒移動得這麼快過。風兒拂過我的腦袋，我的耳朵向後翻折；突然間，我的帽子不見了。當我抵達她身旁時，她卻說：「你沒了帽子，我就不喜歡你了。」說完，她轉身就走。

「可是我以為……我不是……我想要……我們不是應該……我覺得……我這就去把我的帽子撿回來！」我在她背後呼喊。

可是風攫走了我的帽子，和帽子嬉戲。

我在後頭快步追趕，直到帽子卡在一叢灌木上。我想把帽子叼起來，鼻子卻被一根荊棘刺到，而風又不停的將帽子吹跑。「快來幫幫我呀！」我大聲求援，我的新娘卻聽不見我的呼喚，我只好再次追逐帽子。帽子宛如蝴蝶般在空中飛舞，我竄跳著，想用嘴去咬住它，但每次都落空。一個不留神，我被一塊石頭絆倒，撞得肋骨喀嚓作響。

等我再次起身時，帽子已經不知去向。我四處張望，發現母驢也失去了蹤影。

我繼續向前奔跑，想找回帽子，因為我極度渴望和母驢結婚。我追著風跑呀跑，跑呀跑，心想：「幸虧我不必繞著圈子跑。」就這樣，我一路追到一群烏鴉聚集的原野，見到這群烏鴉正在玩著我的帽子。

「哈囉！」我大聲說：「給我！我要結婚！」

兩隻烏鴉用嘴喙啣著帽子飛向我，但他們只是繞著我的頭部盤旋，並且呼喊：「拿去呀！拿去呀！」接著，他們張開嘴讓帽子落下，但帽子隨即被另外三隻烏鴉接住，帶到高空。我注視著他們的背影，一邊跟著跑，其他烏鴉則繞著我飛，挖苦我：「蠢驢，你不會飛嗎？你的婚禮帽在那裡飛！你看到了嗎？你最好看看你自己衝到哪裡去了！」就在這一瞬間，我一頭撞上石牆，烏鴉們爆出刺耳的笑聲。

等我再次往上看時，我見到他們放開我的帽子，帽子在空中一陣飛舞，接著緩緩降落。我立刻躍過石牆，想接住它，帽子卻卡在一棵樹的樹枝間。

這時烏鴉已經離開了，只剩我獨自站在樹下。我跑過去用頭撞樹，想讓樹晃動，可是樹太粗壯了。於是我在樹底下躺著，想等帽子被風吹落。我四條腿又痠又累，膝蓋擦傷，肋骨疼痛，鼻子發癢，頭疼欲裂。

我就這樣躺了兩個小時，呆呆望著上方卡在樹枝間的帽子，思緒也不斷繞著圈圈。後來，我開始繞著樹旋轉，不斷的轉呀轉，就像我繞著水井旋轉一樣，帽子卻依然不肯掉下來。

黃昏來臨，風兒止息，一整個寒冷的夜裡我都躺在樹下，夢見母驢漂亮的眼睛。

第二天我醒來時，帽子就在我眼前。起先我以為自己在作夢，接著我對著帽子一跳。我覺得……我認為……我抓到它了！我心中這麼想。可是我這麼一跳，兩條前腿恰好插進帽子上的兩個洞，現在，帽子就像褲子般套在我的膝蓋上，我只要一舉步就會將它扯壞。我小心翼翼的賣命把腦袋向前伸，

想把帽子蹭下來，卻無法好好的搆到它，只能蹭到我的腳踝。於是我躺下來，仰躺著在地上翻滾，四肢又是踢又是蹬的。「啪」一聲，帽子被我蹬開掉到地上，可是帽子上也出現了一道長長的裂痕。

我心想：「現在我終於可以戴上帽子和我的母驢相會了。」我把頭套進去，帽子卻戴不穩。我又試著把耳朵插進那兩個洞，還是辦不到。「先把一隻耳朵插進去，」我心想：「再換另一隻。」偏偏我的耳朵軟趴趴的挺不直，帽子只是在地上滑動，根本沒有套到我頭上。我想：「我得用鼻子鑽進去，

然後——咻！」我果真這麼做，結果眼前一片漆黑，因為帽子正好套在我眼睛上。

我甩開帽子，叼起來往空中用力一扔，接著把腦袋朝帽子應該會掉落的地點伸過去——沒接住。再一次，又沒接住。接著再一遍再一遍再一遍，每一次帽子都像金色的太陽般飛過去，我則來回奔跑，拚命想豎直耳朵，試圖接住帽子。有一次，帽子掉到我的鼻子上，另一次掉到背上，五次掉到我右邊的地面上，七次落到我左邊的地面上；三次掉到我背後，六次落在我前方，到了第二十四次，帽子終於降落在我頭上了。

「我終於戴上帽子了，」我心裡盤算著：「現在我可以結婚了。」可是我的耳朵沒有穿過洞孔，帽子戴得搖搖晃晃的，一陣風吹來帽子就往下滑。我小心翼翼的走回草地，我非常思念母驢，所以盡可能將頭穩住不動，並且繞遠路以免我得跳牆。我一步接著一步，走了好長一段路。一路上我想：「也許她會幫我把帽子戴穩。當她見到我走過去，當她見到我又戴上婚禮帽時，她的大眼睛一定會閃閃發亮。」

好不容易我終於來到草地上，見到她就站在那裡。「伊—啊！」我發出啼鳴，可是她並沒有聽見我的叫聲。我穿過草地，「伊—啊！」叫得更加響亮。這一次她聽見了，並且抬起頭來，結果我沒有注意到在我上方較低矮處的枝椏，帽子碰到枝椏，掉落下去，接著在路上滾動，愈滾愈遠，愈滾愈遠，因為這是一條往低處延伸的道路。這時，一名乞丐腳步蹣跚的經過，並且撿起帽子戴上。

「你的帽子現在在哪裡？」我的母驢問我，我卻不知該如何回答。我朝那個乞丐追過去，想叼走他頭上的帽子，卻被他揪住。他跳到我背上，逼我向前走，而他卻頭戴我的帽子騎在我背上。我們經過草地時，我再一次望向我的母驢和她的大眼睛。這時她悠閒的吃著草。「伊—啊！」我最後一次鳴叫，她卻不理不睬。

在那一年之中，乞丐騎著我四處流浪，之後他把我趕走，卻保留我的帽子。當時我心想……我要……我尋尋覓覓想找另一頂帽子，卻再也沒有找到。其實我一直都在尋覓，因為一旦有了新帽子，一頂同樣的黃色大帽子，我就要……我就要結婚去了。

可憐的驢子沉靜不語，房間裡一片死寂，只有曼索林國王長長的白鬍鬚極輕微的上下飄動。國王似乎睡著了，他是否聽完了整個故事？兔子不敢聽取他的心跳，他示意動物們得非常輕聲的離開國王的臥房。

動物們躡手躡腳的步出房門，一等來到廊道上，田鼠便對可憐的驢子說：「你那則帽子的故事雖然很有趣，結局卻很悲慘。」

「噓─噓！」兔子說：「萬一吵醒了國王，對他的身體可不好。現在你們大家也該去睡了，晚安。」

動物們都安安靜靜的返回自己的臥榻：狼進入客房；松鼠回到玻璃廳，蜷縮在天竺葵之間；家兔進入堆放著書籍的大廳；鴨子走進鳶尾花廳；綿羊進到四葉草廳（甲蟲跟著他，因為他附著在綿羊的皮毛上）；獅子登上塔樓的房間；十隻大黃蜂嗡嗡嗡的輕輕飛進花園廳；噴火龍踩著笨重的腳步前往銅馬廄；老鼠溜進廚房的爐子底下；燕子飛上牆面高處的洞穴；至於可憐的驢子……可憐的驢子必須進去洗衣房。帶他過去的是兔子，而驢子告訴性情和善的兔子，他生平第一次有這麼漂亮的廄房。

很快的，銅堡裡的動物都沉沉睡去，只有兔子還沒睡著。他在黑暗中發著呆，不斷想著神醫何時才會回來。

兔子並不知道，這時神醫已經找到鑰匙草了！他從積雪底下摘取十二片綠葉，用雙手捧著。當他匆匆穿越黑色湖泊趕回來時，由於天氣冰冷，還必須朝葉片呵氣。此外，他還得翻山越嶺，這樣到底需要多少天，連他自己也不知道……

第十三章

第十三天清晨，曼索林國王醒來時臉色蠟白，說話聲音非常微弱。兔子把耳朵伸進國王的鬍鬚裡，傾聽他的心跳；也必須湊近國王唇邊，才聽得到他說的話。

「我忠誠的兔子，」兔子聽到國王喃喃說道：「今天帶我去珍珠母廳，我要死在那裡。」

得知這個令人哀傷的消息後，動物們決定不吃早餐，要立刻將國王送往那裡。

於是由綿羊馱著國王，獅子在右側、狼在左側攙扶著他，噴火龍在後，兩隻老鼠在前，這個行列就這樣緩緩穿過銅廊道，進入珍珠母廳，在擺設著二十只靠枕的大靠背椅上將國王放下。

沒有人敢說一個字或是發出任何聲響，兔子在右邊的扶手上坐下，將前肢搭在國王的肩膀上，好聽清楚國王想說的話。噴火龍站在靠背椅後方，三顆腦袋遮著國王的頭部上方，彷彿是一面頂蓋；兩隻老鼠坐在國王的鬍鬚末端，其他動物則排成長長一列，一路延伸到門口狼躺著的地方。大家就這麼等候了好幾個小時，其間兔子偶爾會輕聲傳告他從國王微弱聲音所聽到的話。

這些話在動物們之間一路往下傳，內容是：「很久很久以前，比我在另一座大廳立像底下放置的古書所記載的年代還更早，當時我尚未成為國王，世界和現在也截然不同，而當時流傳的故事如今也已遭人遺忘。伊杜爾來自火山，可是如今還有誰知道呢？在我的立像底下有四個位置是空的，這一點卻沒有人知曉。」

動物們心想：「國王開始產生幻覺了。」兔子也幾乎聽不到國王的心跳。就算神醫在這一刻手上拿著鑰匙草進門，時間也不夠他熬製湯藥了。

珍珠母聽寂靜無聲，但狼突然豎起耳朵，接著對旁邊的綿羊低聲說了點什麼。綿羊把話傳給松鼠，松鼠傳給獅子，獅子傳給燕子，燕子傳給可憐的驢子，可憐的驢子傳給家兔，家兔傳給鴨子，鴨子傳給

兩隻老鼠，兩隻老鼠傳給十隻大黃蜂，大黃蜂則嗡嗡的在兔子的耳畔說：「有人在敲門。」兔子彷彿閃電般跳下椅子扶手，衝出大廳，一路飛奔著穿過廊道，頭都撞上大門了，接著他一把拉開大門。

門外站著一個矮人，兔子幾乎是嘶吼的問：「怎麼……什麼……你拿到鑰匙草了嗎？」由於過度激動，聲音變得非常刺耳。

「沒有，沒什麼鑰匙草。」矮人惱怒的說：「快點帶我去見國王，少囉嗦！我有東西要給他。」

這時兔子才發現，矮人背上背著一只袋子。

兔子問：「袋子裡裝的是什麼？」矮人沒吭聲，他一個閃身便踏進廊道。來到珍珠母廳門口時，矮人先停下腳步片刻。他揚了揚兩道雪白的眉毛，朝排成長長一列的動物們打量了幾下，接著兀自走向國王的寶座，脫帽，向國王鞠躬致敬。

「陛下，」他以低沉的嗓音說：「我將好久以前，伊杜爾從您那裡取走的東西帶來給您了。」

聽到「伊杜爾」三個字，曼索林國王立刻睜開雙眼。見到矮人彎下腰，從袋子裡取出四本老舊、泛黃，已經被人翻得破破爛爛的書時，生命似乎又重返國王身上。他發出一聲喟嘆，長長的雪白鬍鬚隨而揚起，動物們聽到他微弱的聲音說：「那四個空蕩蕩的位置如今不再空蕩，最古老的故事又回來了。矮人，念給我聽！」

「什麼？」矮人咆哮著：「現在？為什麼我要念？」

兔子扯扯矮人的衣袖說：「國王病得很嚴重，已經沒辦法自己閱讀了。這些書得由你來朗讀，這樣說不定救得了他。」

矮人瞅了瞅其他動物，大家都默默點頭，並且圍成一圈坐下，兔子則把一只矮凳挪過去請矮人坐。

「哼，」矮人又咕噥著：「這是關於矮人的故事，既然你們大家都想聽，那麼，我們就從第一本書開始。」

說著，他便拿起四本書中最古老的一本，小心翼翼的翻開，攤在膝頭上，開始讀了起來。

矮人的四本古書

第一本書：最古老的故事

矮人國位在地底下，他們在那裡挖掘銅、銀和金礦，再利用火山的焰火鍛造出最美的物品。然而，其中一座火山熄滅，為了誰可以在依然噴火的火山工作，金匠們起了爭執。於是，伊杜爾決定帶領一百二十名矮人，穿過冷卻的火山，爬到地面上安家落戶。

有人警告：「你們會被太陽晒得乾癟。」但伊杜爾仍然帶著十二把矮人國最優良的鍾子，和追隨他的同伴一起出發。

他們在被燒得焦黑的岩石上攀爬了五天，終於在夜晚時分抵達火山口邊緣。「下頭沒有這樣的裝飾品，」伊杜爾指著星空對矮人同伴說：「這些金色閃亮的星星訴說著一則偉大的故事。」他接著說：「一年下來，它們每晚都在蒼穹上繞著軌道運行，金車在北方，銀天鵝在我們頭頂上方，銅獅在南方，月亮則走它自己的道路。有人說，夏天時，月亮試圖跳上金車卻失敗了。每日清晨太陽出來時，便會將它們趕走。到了夏末時分，太陽則騎上銅獅，只是你們看不見。」

伊杜爾訴說著這些故事時，矮人們坐在火山口邊緣，目不轉睛的凝視著天上的星星。天色逐漸轉亮，最後太陽升起，有如熾熱火爐中的一個圓形開口，這時矮人們開始懼怕自己會被晒得乾癟，但伊杜爾攔住他們，他建議大家走下山坡，尋覓有陰影遮蔽的地方。

就這樣，矮人們占領了死火山周圍的土地，植樹成林，開挖湖泊，播

撒牧草，並且開始用伊杜爾的十二把錘子劈砍岩石，雕鑿出美麗的物品，還在最大的湖畔建造一座矗立著矮人塔樓、裝設著矮人門的城市，並且將這座城市命名為「阿拉達芭」。

許多許多年過去，有一天，矮人荀洛爾從地下王國穿過火山口爬上來，想打探伊杜爾與一百二十名矮人的消息。當他見到那些森林、湖泊，還有阿拉達芭城，見到雕鑿精巧、在陽光下晶瑩閃爍的石塊時，便生起了嫉妒之心。他跑下山坡，一路留下被硫磺染黃的腳印。接著他拔起兩棵樹扔進湖中，盜走城上一顆裝飾用的藍色玉石，再爬回他自己的國家。然而，伊杜爾的矮人同伴尾隨他的黃色腳印，進入死火山，取回他們的藍色玉石，還帶走其他的金工作品，砌在他們的城牆上。

荀洛爾想要索回這些黃金，他率領二十名矮人來到火山口邊緣，但伊杜爾率領五十名手下迎戰，雙方展開一場激戰。沉重的岩石發出如雷般的轟鳴滾下山去，壓死許多為伊杜爾作戰的矮人。所幸，他們以長棍將苟洛爾的矮人接二連三的戳回火山口，使他們摔死在自己國內。苟洛爾踩著焦黑的岩石逃回地底深處，號召更多的群眾準備和外面的矮人再戰，但伊杜爾和夥伴們以金絲織成一張網，張開在死火山口。苟洛爾再度上來時，他便像魚一樣被網住勒死了。他的矮人夥伴不想再戰，雙方就此

偃兵息鼓。

伊杜爾將死去的夥伴葬在森林邊緣一處原野上，當地的草從來不割，因此長得像長頸鹿的脖子那般長。阿拉達芭城逐漸擴展，而且愈來愈繁榮，矮人們以閃亮的紅、橙、黃、綠、藍、靛、紫各色的石頭在城上建造了一道巨大的彩虹，當陽光照耀時，從遠處就看得到彩虹的身影。另外，他們還修建噴泉，風兒會將噴泉水柱吹成字母形狀，從中可以讀到矮人的事蹟；否則，這些事蹟就只能靠著樹木低聲訴說了。而這一切，都由鳥兒傳遞流通。

有一天，從死火山口冒出了三朵雲狀的硫磺煙，伊杜爾大感驚異，便前往探查。只見那張網子依舊張開在死火山口上，仍然閃閃發亮，彷彿昨天才有人清理過。不過，網子下方有個矮人坐在一塊凸出的岩石上。

矮人說：「偉大的伊杜爾，我們內部王國希望與您和您外部王國的矮人和睦相處，因此治理我們的尼莫胥特地派我前來，懇請您撤掉這張網子。」

伊杜爾考慮了一下，說：「明天請尼莫胥來向我證明，他是真心嚮往和平的。」

第二天，尼莫胥果然現身，他外表冷傲，鬍鬚紅如火焰。「偉大的伊杜爾，請看。」他舉起一把鑽石鋸子請伊杜爾看，說：「這是我們親手打造的工具，它能鋸斷金絲網。」說著，他將鋸子擺在一個網眼上，拉動七下，金絲便被鋸斷了。尼莫胥說：「瞧，現在我將這把鑽石鋸子交給你，證明我們並不想以武力入侵你的王國。請你收下。」

尼莫胥將鋸子從網洞中遞出來，伊杜爾收下。這是一件舉世無匹的傑作，伊杜爾問：「這是你製造的嗎？」蓄著火紅色鬍鬚的矮人點頭。

「好，」伊杜爾說：「明日十二點，太陽升到中天，石彩虹在阿拉達芭城上方光芒閃爍時，我們會收起網子，讓尼莫胥你，以及你的矮人之中想進入我王國的人可以前來。」

說完，伊杜爾便朝火山口內彎下腰，外部王國與內部王國的矮人國王便握手言和。

之後，伊杜爾經過草長得像長頸鹿般高的原野返回阿拉達芭城，籌畫迎接地底矮人的行動。

第一本書結束。

第二本書：伊杜爾與尼莫胥

八十四名地底矮人隨同尼莫胥來到阿拉達芭城，一行人受到熱烈的掌聲與擁抱歡迎。他們帶著金、銀、銅飾品前來，他們親吻藍色玉石，將帽子在湖水中浸了浸，接著走在阿拉達芭城的街道上，觀賞這裡的一切。最後雙方共同舉辦一場宴會，並且躺成一個大圓圈睡覺。

隔天，尼莫胥告訴伊杜爾：「你的王國很漂亮，你的城市建造得精美絕倫，但唯有我們的金、我們的銀和我們的銅，才能使阿拉達芭城令眾人目眩神迷。」

伊杜爾說：「我們來創造一個內部和外部合體的王國，阿拉達芭將是所有矮人的城市，就像共同擁有玉石、金、銀、銅一樣。」

從此以後，伊杜爾便與尼莫胥共同治理新的矮人國，他們命人建造寬敞的階梯通往死火山，形成連通內部王國與外部王國的路徑。好多好多年來，無數的矮人都是利用這條通道上下，將珍貴的金屬運上去，或是將地上的美麗玉石帶往地底。

他們還令人架起黑色熔爐用來熔銅，灌注成鋪路用的銅塊；令人搭建一座比彩色石彩虹更高的銀塔樓，並且在銀塔樓上安裝了一輪黃金太陽，將夜間月亮的光輝映射出萬丈光芒。

此外，矮人還挖掘更多湖泊，種植更廣袤的森林，並且環繞著阿拉達芭城修築了一道黃金長牆，使這個矮人國享受到漫長歲月的和平與繁榮。矮人國的美吸引了動物們的注意，他們逐漸聚集到王國邊境：狼在北方，獅子在南方，爬行動物在東方，而所有長翅膀的則聚集在西方。

矮人們打算以黃金網將他們的國家圍起來，但伊杜爾和尼莫胥制止，他們說：「讓他們來和我們共同生活。請每一種動物各派一名代表前來，我們可以分配他們的居住區。」

於是四隻腳的動物、爬行動物、跳行動物、飛行動物；吠叫的、嘶吼的與哞哞叫的動物；長頸與長毛的，毛髮豐厚與無毛的動物等，

紛紛來到阿拉達芭城，每種動物各一名，大家沿著銅街道走向銀塔樓，伊杜爾與尼莫胥已經在銀塔樓準備迎接牠們了。他們向獅子宣布：「看，督爾原野屬於你和你的夥伴。」說完，他們便將一條黃金項圈套在獅子的脖子上。「看這裡，」他們告訴狼：「艾爾達平原屬於你和你的夥伴。」狼同樣也套上了黃金項圈。就這樣，所有動物都分配到屬於他們的區域，並且戴上黃金項圈。動物代表向兩名矮人國王致謝後，便各自回去，率領自己的同種生物居住在分配到的矮人國土，大家和平共處。

唯獨綿羊沒有離去，他站在兩位矮人國王面前說：「我的同伴和我還與一名牧羊人共同生活，他跟著我們。」

「牧羊人是什麼？」尼莫胥問。

「一個人類，」綿羊答：「他年紀還小。」

伊杜爾下令：「帶他過來！」

於是便有一名人類踏入矮人國。這名少年年紀不到十二歲，他赤腳行走在阿拉達芭城的銅街道上。少年無父無母，他很樂意與矮人們一同住在這座美麗的城市。

往後一段歲月，矮人們經常利用石梯上下來回，進出那座死火山，將更多的銅、銀與金帶出來，並開採更多岩石。動物們則在森林、原野或湖畔定居，而少年也接受了矮人的知識教育，直到伊杜爾和尼莫胥發現，少年已經長得比他們還更加高大。

這時，星象學家前來報告，說太陽運行的路線開始下降。

他們說：「每年下降三個拇指寬，陽光減弱，熱氣消滅。」最先騷動不安的是動物，鳥類開始遷移，某些四足動物也跟著離去。他們說：「南方比較溫暖。」

夜裡，伊杜爾登上銀塔樓觀察星空，就像他初次離開火山上到地面時。他見到銅獅朝南方移動，銀天鵝不再飛過他頭頂上方，而星辰組成的金車在天上的位置比以前更高。不久，星辰便失去了蹤影，因為密雲飄至，矮人國首次降起雪來，白雪落在璀璨的阿拉達芭城。

伊杜爾說：「我們返回地底下吧，待在這裡，我們會死在一片銀白的冰天雪地中。」矮人們於是開始拆除城市的金牆、矮人塔樓、矮人門和矮人屋，再一塊塊的沿著階梯運往地底，準備在那裡重建。

拆除工作進行到尾聲時，外部王國只剩石彩虹、點綴著金太陽的銀塔樓和鋪著銅塊的街道。這時，天上降下了暴雪。

尼莫胥和大部分的矮人族在內部王國，伊杜爾在地面上。就在伊杜爾帶領十七名尚未離開的矮人與少年攀爬已經冷卻的火山時，漫天飛舞的大雪突然將他們團團圍住，他們伸手不見五指，也看不到腳下的石階。偌大的雪堆轟隆隆的墜入火山口，一行人滑倒、摔跤，最後不得不撤退。

通往內部王國的入口永遠封死了。

第二本書結束。

第三本書：嚴冬

飛舞的大雪密密匝匝的落在山坡上，伊杜爾和十七名矮人同伴進退不得。多虧那位如今已長得比矮人高大的少年一手拎起一名矮人，將大家送往銀塔樓，否則眾人早就遭到掩埋凍死了。抵達塔樓時，大夥兒手指、鼻頭都掛著冰柱，幸好裡頭可以取暖，他們在那裡待了三天。

暴雪逐漸停息，大地一片死寂。這時，伊杜爾說：「人類少年，你去外面看看。」少年遵命，他見到四面八方遍布著大量積雪，但銅街道上的積雪倒是被風吹得一乾二淨，於是矮人們也走出來巡視他們的國度。森林

一片雪白，彷彿所有的樹木都披上了漿過的襯衫；湖水凍得硬如卵石；原先是原野和草地的地方，如今則覆蓋著大片白雪。

太陽現身，宛如一顆大紅球，但這顆大紅球只升到高出地平線五根拇指寬的位置，將雪白的矮人國沐浴在火紅的光線中，映照得石彩虹上的冰柱晶瑩閃爍。就在這個時候，伊杜爾注意到了噴泉水柱。風用

水滴寫成的最後幾個字「仆落絲普連佩爾，尼莫胥！」已經在空中凍結成冰，意思是「再會了，尼莫胥！」

伊杜爾哭了起來，他啜泣著說：「我想死在這裡，死在外部王國了無生氣的繁華之中，死在阿拉達芭城的斷壁殘垣，因為我再也見不到置身內部王國的尼莫胥了。」

這時，戴著黃金項圈的狼首領出現了。他說：「你國度裡所有的動物正在遷往南方，太陽的溫暖已經轉移到那裡去了。曾經是我們國王的你，我們不會棄你和你的同伴於不顧，我們載你前往。」

伊杜爾說：「我們的國家在這裡，在地底下，不在南方。」

狼首領說：「我們將在南方建立動物王國，你將會是我們的國王。我們會以阿拉達芭的鋪路銅塊為您建造一座城堡，供您與矮人居住。至於那名人類少年則和我們同在，擔任我們的領袖。」

伊杜爾答應了，盛大的遷徙行動就此展開。人類少年走在最前頭，他踩過積雪，踏出一條小徑，成千上萬的動物排成一條蜿蜒的行列跟隨在後，每隻動物口中都啣著一塊鋪路用的銅塊。行列最後有十七匹狼，每匹狼背上都馱著一名矮人。押尾的是戴著黃金項圈的狼首領，他的背上坐著伊杜爾，但伊杜爾反向而坐，這樣，他才能盡可能拉長時間凝望阿拉達芭城的殘貌：光彩逐漸黯淡的繽紛石彩虹、一輪黃金太陽與銀塔樓，以及噴泉水柱顯現的最後幾個冰凍字句。伊杜爾喃喃念著：「仆落絲普連佩爾，尼莫胥！」淚水也在他臉頰上凍結成冰。

他們朝目的地挺進，日復一日，週復一週，月復一月，遭受冰雨鞭打，被白雪閃瞎了眼，甚至還得對抗黑色噬冰怪，導致一些動物與兩名矮人喪命。所幸太陽在地平線上的位置慢慢提高，覆蓋大地的冰雪也愈來愈薄，形成一處處沼澤。他們在這些沼澤地帶與恐怖吼蛙展開激烈戰鬥，又折損了三名矮人與許多動物。幸而最後人類少年用矛殺死這隻怪獸，伊杜爾大力表揚了少年的英勇，並且將阿拉達芭城的最後一件金飾贈予他。

最後，一行人終於抵達溫暖的南方。在那裡，夜晚時銅獅在頭頂上方閃爍。在那裡，倖存的十二名矮人在伊杜爾的領導下，利用動物啣來的阿拉達芭城鋪路銅塊，建造了一座銅堡，銅堡中的大廳空間都極為寬敞，彷彿是為人類少年打造的；而剩餘的銅塊還多到足夠築成銅山，將銅堡環繞起來。

這時，伊杜爾宣布：「銅堡周圍的銅山將成為動物們的領域，你們的國王則住在城堡之中，但這個國王不是伊杜爾，請大家另選賢能。」

動物們高喊：「帶領我們來到這裡，贏得戰役、殺死恐怖吼蛙的勇士，就是我們的國王。」

於是人類少年走上前，頭上戴著阿拉達芭城的金飾當作

皇冠，並且被宣布為所有動物與生活在地面的矮人的共同國王，大家都稱他為「曼索林」，意思是：「投擲利矛的人。」

第三本書結束。

第四本書：預言

矮人們在城堡中央以珍珠母建造了一座大廳，年輕的國王曼索林、伊杜爾與他的十二名矮人同伴、狼首領與戴著黃金項圈的其他動物首領，全都前往珍珠母廳舉行慶祝會。他們點燃白燭，暢飲紅酒，高聲歡呼：「新王萬歲！新國家萬歲！矮人與動物萬歲！」

大夥兒跳起驢子舞，矮人唱起關於十二把錘子的歌，動物也演唱起關於雪獅的民謠。

但伊杜爾依然哀傷無比，曼索林國王問他，他為何不想再擔任國王，為何不想隨著大家歡唱。伊杜爾答道：「我為尼莫胥悲傷。阿拉達芭城遭到上千個拇指寬的積雪掩埋，上千個拇指寬的積雪覆蓋在石階路徑上，而層層積雪更封閉了通往內部王國的火山通道。但十二名矮人與我，我們仍然要去尋找通往地下王國的另一個出入口。我們不會待在這裡，我們會流浪再流浪，直到冰雪的邊界，越過高山，渡過深谷，穿過洞穴，因為我們不願待在沒有尼莫胥和其他同伴的地方。」

聽了這番話，曼索林也感到憂傷，因為他不想孤孤單單的住在銅堡中。但伊杜爾說：「你會再見到我們的。戴著黃金項圈的動物會成為你的侍臣，在銅堡中陪伴你。還有，」伊杜爾接著說：「我要賜予你極長的壽命，遠比一般人類長上許久的壽命，但不像矮人那麼長壽。數數大廳中燃燒的蠟燭，你的壽命將會同樣綿長。」

曼索林數了數，動物們數了數，總共是一千支。

這時，矮人阿諾突然站起來，大家也瞬間沉寂下來，因為阿諾眼中出現奇特的光芒：他預見未來了。他開始唱歌，聲音極其低微且維持同樣的聲調，他的雙眼卻向上凝視：「我看到銅獅回來了，位置正好在阿拉達芭城上方。雪化為水，水化為蒸氣，出入口又暢通了。我看到了矮人，他們進進出出，可是我不認識這些人。我看到了藍海，我看到了銅山、銅堡，看到了一名很老很老的國王，他留著雪白的長鬍鬚，臉上布滿千道皺紋。他獨自一人，他在睡覺，或者已經死了？我看到了黑沉沉的湖泊，一名男人匆匆經過，他雙手捧著某樣物品，非常珍貴的物品。我聽到有東西滴答響，一只古老的時鐘滴答滴答的響，這只鐘幾乎快停了；或者那是一顆心臟？我聽到了敲門聲，聲音在銅廊道間迴盪，有生命進入死寂的城堡。我看到了動物，新的動物：一頭獅子、一隻家兔、一匹狼和一頭很老很老的三頭龍。老國王睡著。我看到一千支蠟燭燃燒著——一千年的壽命。大廳中充滿各種動物，樂音飄揚，那是一場盛會，可是還需要另一支蠟燭加入。如果誰帶著一支燃燒中的蠟燭進來，就能再添加一千年的壽命。我看到門打開了，可是……」

說到這裡矮人阿諾的聲音忽然停頓，他揉揉眼睛，甩了甩頭，接著又緩緩坐下。他眼前的未來景象變暗了，他什麼都看不見了。戴著黃金項圈的動物們、年輕的國王全都靜默無聲，因為他們不懂這番話的含義。難道一千年還不夠？還有，另一支蠟燭要從哪裡來？最後伊杜爾打破了沉默，他說：「今天的慶祝會就到此結束吧。再會了，曼索林，所有動物和我們矮人的國王——當我們在你的王國居住時；再會了，以智慧和正義治理國家，讓你的銅堡永保和平，使這座城牆內的動物永遠不會傷害其他動物！」

說完，矮人們便離去了。他們在地面上繼續流浪，直到抵達冰雪的邊界，並且持續搜尋通往尼莫胥和其他矮人生活的地下王國的新出入口。就這樣，這十三名矮人不斷在高山與深谷之中，在洞穴裡尋尋覓覓，但人類從未見過他們。

第四本書結束。

矮人結束了朗讀，把四本書疊好放到老國王腳邊。大廳中昏昏暗暗的，所有的蠟燭都快燒完了。從他開始朗讀到現在，究竟過了多少時間？一天？五天？兔子嚇得跳了起來，他趕緊蹦跳著衝向靠背椅。曼索林國王是在睡覺嗎？還是……還是……？他將一側的耳朵貼靠在國王的鬍鬚中傾聽，其他動物也都屏住了呼吸。

可是，有誰注意到大門口的動靜呢？有誰至少暫時豎起耳朵仔細聽一聽呢？沒有人。

沒有一隻動物聽見敲門聲，沒有注意到廚房窗口的聲響；也沒有見到一個黑暗的身影爬了進來，在櫃子裡翻找，把火吹旺，點燃一支蠟燭，用一只黑色小鍋子裝水熬煮湯藥。動物們的注意力完全投注在珍珠母廳中的曼索林國王身上。

「他快死了，」兔子低聲說：「一切的努力都白費了，一千年過去了，神醫來得太遲了。」他啜泣著：「本來鑰匙草還救得了他的，可是……」

就在這一瞬間，門突然打開，一個黑色身影走了進來。那個身影手上端著一個托盤，盤中一朵小小火焰上煨著一只冒著熱氣的鍋子。矮人阿諾發出驚叫：「燃……燃燒的蠟燭！」他聲音嘶啞的呼喊：「預言書中那支燃燒的蠟燭，那支需要帶進來的蠟燭！」

兔子大吃一驚，朝來人跳將過去。「神醫！」他大喊：「快，快，鑰匙草！」

神醫微笑著在國王的椅子旁邊放下托盤，說：「鑰匙草在這裡。我在廚房裡把鑰匙草熬成湯藥，因為我敲門的時候，沒有人過來開門。」

他用一支湯匙小心翼翼的將些許湯藥餵進垂死國王的雙

唇之間。曼索林發出一聲喟嘆，接著又一聲。神醫總共餵他喝下三匙鑰匙草湯藥，接著輕聲說：「讓他一個人待在這裡，他需要睡眠。」

動物們都輕手輕腳的離開大廳，綿羊甚至用毛茸茸的腹部匍匐前進，以免發出吵鬧聲。

神醫及時趕到，曼索林國王得救了。

第十四章

隔天傍晚，曼索林國王再次坐在寶座廳的御座上，兔子站在他身邊，一只耳朵探進他的鬍鬚內，滿意的點著頭說：「國王的心臟位置又正確了，」他鄭重的表示：「跳動得跟從前一樣。」

動物們圍坐在寶座四周，三頭龍站在後方，綿羊躺在國王的白鬍鬚上，鬍鬚宛如長外套般拖曳在國王腳邊；矮人坐在火爐旁的長椅上，神醫則坐在御座對面的椅子上。

曼索林國王說：「感謝各位動物來到這裡，是你們的故事救了我的性命。我要感謝兔子的關心和照顧（兔子把自己的鬍子抹平），我也要感謝矮人帶回四本古書（矮人咕咕噥噥的說了些話）。能夠再一次聽到這些古老的故事猶如一場夢，現在我夢醒了。此外，我要特別感謝神醫，他為了採集鑰匙草，冒著莫大的危險，所以等一下要說的故事，理應由神醫來說。」

神醫的故事

鑰匙草生長在極北方的白雪邊界，確切位置則是個祕密，不許向任何人透露，否則我大可派一隻烏鴉前往採摘。我也不能策馬過去，因為荒原上每顆石子底下都藏伏著一條蛇，任何馬都無法經過。這表示我必須徒步前往，加上國王時日不多，所以只好夜以繼日的趕路。

我最先遇到的是松鼠，後來遇到了家兔，我立即請他們前往銅堡講述他們的故事。不過，當我來到荒原時，除了狼再也沒有遇見過其他動物，因為狼是唯一膽敢前往當地的。後來我聽說，他腳程快，搶在松鼠和家兔之前，第一個抵達這裡。

傍晚時分，我來到最大的橡樹前，那是荒原上唯一的一棵樹。它總共被閃電擊中了七乘以七乘以七次，樹身上遍布著黑色的裂痕和縫隙。橡樹的一根樹枝上蹲著雀鷹，我派他邀請其他有故事可說的動物前往銅堡，幸好前來的動物夠多。

在荒原的盡頭我遇到了一條蛇，她以

她那分叉的舌頭向我預言，說我會在滑不溜丟的岩壁上失足跌落，我不信她的話，可是她說的沒錯。

最先幾座山嶺還有植物生長，提供我支撐。但後來的山嶺岩石遍布，而且歷經數百年來的雨水沖刷，岩石變得光滑無比。就在我即將觸及峰頂時，我那凍僵的手指頭一滑，身體便向下滑落，就如一顆滾動的石頭，愈滾愈快，愈滾越快，撲通撲通的朝深淵墜落。當我見到下方的山谷時，我以為自己肯定會摔斷脖子，幸好那裡長著柔軟的樺樹，樺樹富有彈性的樹枝接住了我，因此只有膝蓋受傷。直到這時我才察覺，天上開始降起雪來，匆忙之中我走錯了路，我走的是沒有出口的那一側，結果損失了整整一天的時間。為了再度返回正確的路線，我必須涉水渡過一條山澗，冰冷的澗水宛如針般刺進我的光腳中，我的腳完全失去知覺，因此失足滑倒，肩膀以下完全沒入水中，差點溺死。最後我僥倖回到岸上，還能生火烘乾身體，否則我早就凍死了。

火煙引來了一隻飛過的燕子，她指點我脫離山谷的最短路徑，我則請她立刻飛往銅堡，講述一則她知道的故事，並且將我的情況通報兔子。後來我還穿越陰暗的冷杉林，那裡的地面從未照射到陽光，掉落的針葉黑烏烏的堆積在地面上，某些地方甚至漆黑得猶如夜晚，不識路的人腦袋會撞到樹幹，頭髮也會被樹脂沾黏住。

好不容易我才抵達黑湖圍成的環圈，周遭地面一片泥濘，不識路的人

脖子以下會陷進寒冷的淤泥中。那裡烏黑的水面上蒸騰著灰色水氣，到最後什麼都看不見。幸好我認得路，並且將蒸氣吹散，直到白雪映得我眼花撩亂。

鑰匙草生長的地點相當隱密，難以尋獲。我雙手在寒冷的雪地上挖掘，花了許多時間才終於找到，但綠色鑰匙草的葉片上已經出現灰斑，我擔心它們會凍壞。我摘取十二片，用雙手捧著，在回程路上朝它們呵出溫暖的氣息，就這麼經過黑色湖泊，穿過陰暗的冷杉林，渡過冰冷的澗水，接著又得再次攀爬滑不溜丟的岩壁，而這一次我甚至無法用手輔助。

因此，我尋找一條穿過山壁的地下通道，發現一個洞穴。我爬進去，點燃火光，赫然見到一顆古老的公牛頭顱。頭顱旁是一名女巫的骸骨，有兩只銀環套住她的雙腿，一只套住脖子。她摔倒時顯然撞翻了一袋字母，這些半碎的字母散落在地。我想起一則關於龍的古老傳說，深深陷入思緒當中，沒有聽到背後有人接近。直到來人出現在我面前，我才發現，他是個矮人。

「這是怎麼回事？」他問。

「這是怎麼回事？」我反問他。

「你手上捧著什麼東西？」他問。

「你背著什麼書？」我又問。

矮人卻只是說：「你看得懂地板上的字嗎？」他指了指那些字母。

「看得懂。」我回答。

話音才落，矮人立刻放下他的書，注視著我。

「我已經尋覓多年了，」他的聲音因為激動而顫抖：「我們矮人族尋找通往我們王國的出入口已經好多年了，當我發現洞穴中的字母時，便希望能找出一則訊息或是預言。我看不懂那裡的字，於是我便將伊杜爾帶出銅堡的最古老書籍拿來這裡，卻無法從書中覓得這些字句的含義。」矮人緊緊抓住我的手臂懇求我：「告訴我，那裡到底寫了什麼？」

我回答他：「我會把那裡寫的意思告訴你，可是你必須答應我，事後你必須立刻帶著這四本極為古老的書籍前往銅堡，那裡的曼索林國王就快死了。走其他人都不能走的矮人路徑，這樣也許救得了他。」

矮人點頭。一想起他的諾言，我忍不住笑了起來。「這些字句不是什麼訊息或預言，因為我是大夫，所以我看得懂。地板上的字母所組成的字句，說的是調製斷腿藥膏的方法。」

於是我念給他聽：『格離卡拉，迫魯泰雅普拉絲塔瑪斯提去，諾許珀爾慈您妥克洛斯克洛寇特雷阿亞』，意思是說『取黑海的海底泥，敷在你的斷腿上！』」

矮人驚訝得說不出話來，接著他突然爆笑，我花了好大力氣才讓他止住笑。

好不容易他終於開口說：「這對我毫無用處，不過矮人說話算話。」

他拾起那四本書，消失在只有他才知

道的通往銅堡的密道。可惜我無法將鑰匙草交由他帶走，因為調製湯藥的方法是祕密。不過我很清楚，書中記載的故事能在千鈞一髮之際解救國王的性命。

我繼續翻山越嶺。不知道自己究竟走了幾天；要不是有好運相助，我回來時就已然太遲了。我歷經千辛萬苦終於越過最後一座山頭，再次回到荒原的開頭。這時來了一匹馬，他是唯一能進入荒原的馬，沒有哪條蛇能噬咬他，因為他有著黃金馬蹄。

「我的國王死了，」他對我說：「我在尋找另一位國王。」

我告訴他：「我將帶你前往見國王，他即將重獲新生。快跑，跑得比風更快！」說完，我便跳上馬背。

三個鐘頭後，我敲著這裡的大門，可是沒有人來為我開門，我只好從窗口爬進廚房，動手調製鑰匙草湯藥，放在一朵火焰上熱著端過來。

就是這樣，你們都看到了矮人最後一本古書中所記載的，燃燒中的蠟燭帶進來的情景；而現在，你們也終於了解，那支蠟燭何以代表千年的壽命了。

第十五章

神醫才說完他的故事，動物之間便起了一陣大騷動，大家紛紛詢問：「有著黃金馬蹄的馬現在在哪裡？」

「在馬廄裡。」神醫說。

曼索林國王說：「請他進來。」

動物們跑過廊道，很快便簇擁著一匹馬兒回來。神醫牽著韁繩將他帶到國王面前說：「陛下，從今以後，他便是您的坐騎了。」

馬兒低下頭去，曼索林國王跨上馬背，意氣風發的騎著，從所有動物、矮人與神醫面前經過，再穿過廊道進入珍珠母廳。大夥兒也都進入廳內重新圍繞著國王。這時，國王鄭重的詢問：「各位聚集在這裡的動物，你們這些講述故事者，你們願意成為我的侍臣嗎？」

「願意，陛下！」動物們都高聲答應。

於是國王便從袍子裡取出十二只黃金項圈，請動物們逐一上前。最先上前的是兔子，國王說：「兔子，這麼多年來你一直忠心服侍我，在宮廷中，你應該成為我一人之下最重要的人物。夜裡你可以睡在我的鬍鬚上，而且從現在起，我要封你為兔騎士。」當曼索林把項圈套在兔子脖子上時，他得意得臉都紅了。

接著國王為狼戴上項圈，對他說：「從現在起，你就是狼騎士了。」國王對其他動物也同樣對待，受封大家為騎士：松鼠騎士、家兔騎士、鴨騎士、綿羊騎士。這時，甲蟲突然唧唧說：「我不需要成為騎士，我寧可舒舒服服的待在綿羊的皮毛裡，和綿羊時刻同在。」

國王笑了笑，接著把下一只黃金項圈套上獅子的脖子說：「從今天起，你就是獅騎士了。接下來是……」輪到十隻大黃蜂了，他們嗡嗡嗡的說：「陛下，我們無法服侍您，不過，我們願意待在馬兒身邊。」

他們繞著馬兒盤旋，再次唱起他們的歌曲：

誰有著黃金馬蹄，
純金製作的馬蹄？
誰長著絲絨般柔軟的鼻子，
柔軟如絲絨的鼻子？

國王接著說：「現在呢，噴火龍騎士？」噴火龍卻嚇得縮回三顆腦袋：「拜託，別在我的脖子上套項圈，」他噴著鼻息說：「我願意住在銅馬廄裡，需要火時，我就噴火。」

「好的。」國王又笑了笑。

最後輪到其他動物：田鼠騎士、城市鼠騎士、燕子騎士、驢騎士。驢子睜大了眼睛輕聲說：「不如說是可憐的驢騎士。」曼索林國王哈哈大笑，他從袍子裡取出一頂大帽子，這頂金黃色草帽有兩個洞。國王說：

「可憐的驢子，你瞧，從今以後你就是『戴金帽的驢騎士』。」於是國王便為驢子戴上帽子。

「現在，」國王說：「我還剩下一只黃金項圈，這個項圈該給誰呢？」

大家對看了一眼，說：「給矮人！」

「不，」矮人咕噥著：「我不想在這裡久留，我必須和我的同伴一樣，繼續找下去。」

「好的，」國王說：「祝你

旅途平安，矮人。還有，見到伊杜爾時，請代我向他問好。不過，在此之前，請先和我們一同慶祝吧。」

於是動物們便跳起了圓圈舞，珍珠母廳有史以來最盛大的慶祝會也就此展開。上千支燭光照耀，核桃裹蜂蜜、裝飾著浪沫的薰衣草蛋糕等最美味的餐點送上桌，大廳中再度張燈結綵，花瓶中插著大如傘蓋的白玫瑰、紫藤花與罌粟花，動物們跳著驢子舞，十隻大黃蜂也開心的嗡嗡唱和，兔子演奏手風琴，矮人跳起他的靴跟舞個人秀，兩隻老鼠則負責講笑話。國王笑著，開心的鼓掌說：「啊，跟從前一模一樣。」

「各位請安靜！安靜！」兩隻老鼠吱吱叫說：「我們還知道一則很有趣的故事，大家聽好了！」

大廳中一片寂靜。

「怎麼啦？」獅子問。

大家聽到的不是有趣的故事，而是敲門聲。有人呼喊著：「開門！開門！」

「請等一下！」說著，兔子立刻跑到廊道中。

動物們聽見大門開了又關上的聲音，聽到廊道中的說話聲，接著珍珠母廳的門口出現了一隻家兔。「我……我聽說這裡需要人說故事，所以我……我……」話聲突然中斷，接著新來的家兔突然大喊：「伊可！」

「弗里茨！」伊可也尖叫：「弗里茨，真的是你！」這對家兔兄弟緊緊擁抱，再也分不清哪根觸鬚是誰的了。

「啊，」曼索林國王說：「我們已經不需要

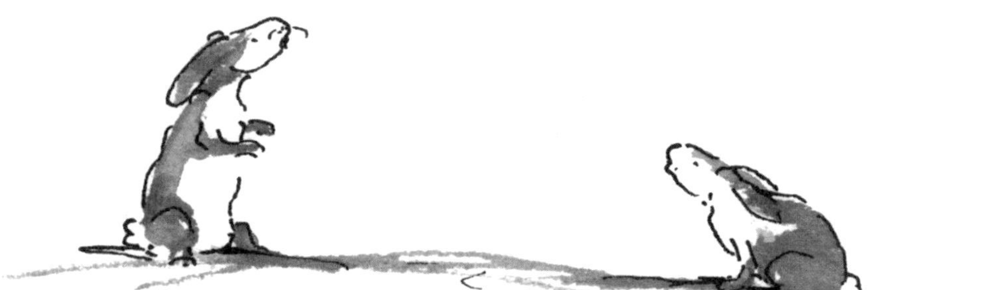

說故事的人了，下一次我們再聽他的故事吧。不過，我要賜給他第十二只黃金項圈，並且封他為弗里茨騎士。」

接著大家又繼續慶祝，氣氛也加倍熱絡，直到夜深了才止息。這時，國王宣布：「現在我們都上床去吧，明天我要騎馬巡視我的國度，由有著黃金馬蹄的馬載我探視所有動物，說不定還能見到一名矮人。晚安！」

動物們齊聲呼喊：「陛下，祝您一夜好眠！」便紛紛回到自己的臥榻：兔子睡在國王的鬍鬚上，狼睡客房，松鼠睡在玻璃廳的天竺葵之間，伊可和弗里茨兩隻家兔一起睡在放置書籍的大廳，如今那四本古書又回到它們的老位置了；公鴨在鳶尾花廳，綿羊在四葉草廳，獅子在掛著一幅怪油畫的塔樓房間，十隻大黃蜂在花園廳，三頭龍在銅馬廄，田鼠與城市鼠在廚房的爐子底下，燕子在屋頂下的牆洞中，可憐的驢子——我說的是「戴金帽的驢騎士」——睡在洗衣房，有著黃金馬蹄的馬睡在國王臥室前為他準備的位置。至於矮人呢，矮人沒有上床，他還在和神醫討論自己背上的刺痛感。

「這是為了尋找進入地下王國的出入口，經常彎身搜尋導致的。」神醫說。

「你有防治的方法嗎？」矮人問：「比如可以塗在背上的藥物？」

「沒有，」神醫說：「你得挺直腰桿走路，並且抬頭仰望星辰。」

「呸，」矮人不屑的說：「我可不嚮往上面。」說完，他站起身來，把袋子甩到背上，從窗口爬了出去，就這麼消失在樹叢間。

神醫在火爐旁的長凳上伸了伸懶腰，大聲打了個哈欠，馬上就入睡了。而這時，月亮也從東方升起，將月光投射到銅堡上。

這些都是好久好久以前的事了。據說，後來伊杜爾和他的十二名矮人同伴又回來了，並且借助許願花的力量，同時許下一個驚人的願望：不是飛到星際間的黃金城，而是重返他們的地底王國。據說，當時銅堡連同周圍的銅山與其他一切全部沒入深處。也有人說，後來伊杜爾找到了尼莫胥，而曼索林國王和他的動物侍臣必須等待積雪融化，才能沿著火山石階登上地面。只是沒有人知道是否真有其事，也沒有人知道曼索林國王如今是否還活著；因為沒有人知道，神醫是否保留了些許鑰匙草。

唯一確定的是：在北方又深又厚的積雪底下，還埋藏著一道石彩虹，以及一座上頭安著一輪黃金太陽的銀塔樓；還有，原來銅山所在的位置，如今是一片浪濤澎湃的藍海。

世界經典書房
銅山國王
Het Sleutelkruid

作　　者　保羅・比格爾（Paul Biegel）
譯　　者　賴雅靜
封面插畫　琳德・法絲（Linde Faas）
內文插畫　哈曼・凡・斯達登（Harmen van Straaten）
封面設計　達　姆
協力編輯　曾淑芳
責任編輯　巫維珍

國際版權　吳玲緯
行　　銷　闕志勳　吳宇軒　余一霞
業　　務　李再星　李振東　陳美燕
編輯總監　劉麗真
事業群總經理　謝至平
發 行 人　何飛鵬
出　　版　麥田出版
地址：115台北市南港區昆陽街16號4樓
電話：(02)2500-0888
傳真：(02)2500-1951
發　　行　英屬蓋曼群島商家庭傳媒股份有限公司城邦分公司
地址：115台北市南港區昆陽街16號8樓
網址：http://www.cite.com.tw
客服專線：(02)2500-7718｜2500-7719
24小時傳真專線：(02)2500-1990｜2500-1991
服務時間：週一至週五09:30-12:00｜13:30-17:00
劃撥帳號：19863813　戶名：書虫股份有限公司
讀者服務信箱：service@readingclub.com.tw
香港發行所　城邦（香港）出版集團有限公司
地址：香港九龍土瓜灣土瓜灣道86號順聯工業大廈6樓A室
電話：+852-2508-6231
傳真：+852-2578-9337
馬新發行所　城邦（馬新）出版集團【Cite(M) Sdn. Bhd. (458372U)】
地址：41-3, Jalan Radin Anum, Bandar Baru Sri Petaling, 57000 Kuala Lumpur, Malaysia.
電話：+6(03) 9056 3833
傳真：+6(03) 9057 6622
讀者服務信箱 :services@cite.my
麥田部落格　http:// ryefield.pixnet.net
印　　刷　前進科技股份有限公司
初　　版　2021年6月
初版五刷　2024年5月
售　　價　340元

ISBN 978-986-344-899-0

國家圖書館出版品預行編目資料

銅山國王／保羅・比格爾（Paul Biegel）著；賴雅靜譯. -- 初版. -- 臺北市：麥田出版：英屬蓋曼群島商家庭傳媒股份有限公司城邦分公司發行, 2021.06
面；公分. --（小麥田世界經典書房）
譯自：Het Sleutelkruid（The king of the copper mountains）
ISBN 978-986-344-899-0（平裝）

881.596　　110001725